밤에만 열리는 카페 도도

밤에만 열리는 카페 도도

시메노 나기 지음
장민주 옮김

더 퀘스트

차례

프롤로그

있잖아요.

당신에게 행복이란 뭔가요?

돈이 많은 것?

모두가 부러워하는 직업?

화려한 옷으로 가득한 옷장?

전부 멋진 일이죠.

나에게 그런 건 중요하지 않아요.

허기를 어느 정도 채울 만큼의 음식과

슈트케이스 하나 분량의 짐.

그리고 평온하게 시간을 보내는 것.

그게 나에겐 최고로

사치스러운 행복의 모습이거든요.

* 1장 *

자기긍정력을
높여주는

주전자
커피

지금부터 시작하는 이야기는 어느 거리의 한구석, 나무들에 둘러싸여 호젓이 자리한 작고 비밀스러운 카페에서 일어나는 일입니다.

가게 이름은 카페 도도. 역에서 곧장 이어지는 언덕길을 끝까지 올라간 다음 첫 번째 교차로에서 더 걸어 들어가면 맨 끝에 나오는 골목길, 그 막다른 곳에 있습니다. 골목 입구에 작은 간판이 나와 있는데도 알아보는 사람은 많지 않습니다. 겉보기엔 어디에나 흔히 있을 법한 주택가이지만 카페 도도만 유독 울창한 나무에 둘러싸여 있습니다. 그래서일까요, 도시의 떠들썩한 소음으로부터 떨어져 조금은 고요하고 비밀스러운 느낌입니다.

　사람들은 이곳을 숲속 부엌이라고 부르기도 합니다. 카페 도도의 숲에는 단풍나무나 느릅나무가 든든하게 심어져 있습니다. 곧게 뻗은 나뭇가지에 무성한 잎들 사이로 밝은 햇살이 카페 도도의 정원까지 쭉 내비치곤 하지요.

　소로리, 라고 하는 이 카페의 주인장은 로스팅 가게에서 방금 가져온 커피 원두를 크라프트 종이 꾸러미에서 녹색 캔으로 옮겨놓는 참입니다. 코끝에 머무는 깊고 향긋한 커피 향기가 몸속에 감돌게끔 깊이 숨을 들이마십니다.

　"향기롭다……."

　마치 무슨 선고라도 내리듯 진지한 표정으로 중얼거리더니, 자신이 내린 판단이 적절하기 그지없음을 확신한다는 걸 보여주기 위해 힘차게 고개를 끄덕입니다.

　'쓴맛은 강하게 하지만 산미는 조금만.'

　특별히 주문한 블렌딩 원두를 받아서 메뉴에 맞춰 우선 굵게 갈아놓습니다. 원두의 종류와 산지는 물론 로스팅의 정도에 따라서도 커피 맛이 크게 달라지니까요. 품종이 같다고 해서 커피 맛이 같을 수는 없습니다. 거기다 블렌딩까지 더해지면 그 카페만의 색과 향이 드러나거든요.

　소로리는 생각합니다.

깔끔한 맛을 좋아하는 사람도 있지만 아주 진하지 않으면 커피를 마신 것 같지 않다고 하는 사람도 있습니다. 달콤하고 부드러운 커피를 좋아하는 사람, 그래서 우유나 설탕이 없으면 못 마신다고 하는 사람들도 있지요. 그게 커피냐고 아연실색할 필요는 없습니다. 자기가 맛있다고 느낀다면 그게 바로 최고의 커피니까요.

추출 방식에 따라서도 맛이 달라집니다. 전동 커피메이커나 사이펀 방식, 필터를 이용한 드립커피……. 그것도 종이 필터인지 플란넬 천으로 된 필터인지에 따라 차이가 납니다. 갓 내린 커피를 바로 마실 수도 있지만 진하게 로스팅한 원두를 에스프레소 머신으로 내리고 뜨거운 물을 섞어 따끈하고 연한 아메리카노로 마시는 방법도 있습니다.

"아메리카노?"

소로리는 혼잣말을 중얼거리며 고개를 갸웃했습니다.

에스프레소용 원두와 도구를 이용하여 만드는 아메리카노도 있지만 가볍게 로스팅한 원두로 추출하거나 드립커피에 뜨거운 물을 보충해서 연하게 마시는 아메리칸 커피도 있습니다.

신경이 쓰이는 건 그런 부분이 아닌 모양입니다.

"둘 다 담백한 맛인데. 미국인들은 연한 커피를 좋아하는 걸까."

그런 생각이 계속 머릿속을 맴돌아서일까요.

"앗."

동그랗게 오므려놓은 크라프트 종이봉투의 가장자리가 녹색 캔 입구에서 삐져나와 원두가 쏟아지고 말았네요. 순식간에 쏟아진 원두로 주방 테이블 위에 봉긋한 커피 언덕이 생겼습니다.

"아, 이런."

방금 전까지 진지하게 커피 향을 맡던 우아한 태도는 어디로 갔는지 소로리는 얼굴을 찌푸린 채 발을 동동 구릅니다. 한숨을 내쉬면서 쏟아진 커피 원두를 조심스럽게 숟가락으로 떠서 식기 선반에서 꺼낸 작은 접시에 담습니다.

그런 소로리의 모습이 우스꽝스러운지 숲속 나무들이 바람에 흔들리며 사각사각 소리를 내고 있습니다. 소로리가 얼굴을 들자 마치 신호를 받아들인 양 해가 지기 직전 노을의 붉고 따사로운 빛이 주방의 청록색 타일에 반사되어 반짝입니다. 그 순간 오래되고 반질반질한 브라운톤 목재들로 둘러싸인 가게 안이 부드러운 볕과 공기에 감싸 안깁니다.

카페 도도는 카운터에 의자 다섯 개, 정원에 테이블 세트가 하나가 전부입니다. 그 정도로 작고 아담한 가게입니다. 열심히 달리는 일상에서 잠시 도망치고 싶을 때, 그럴 때 사람들은 이곳을 불쑥 찾아옵니다. 좀처럼 찾기 힘든 장소에 있는데도 사람들이 이곳을 정확하게 찾아오는 이유는 어쩌면 활기 가득할 때와 피곤할 때 보이는 풍경이 달라서일지도 모르겠습니다. 카페 도도는 변함없이 언제나 이 자리에 있었지만요.

군데군데 하얀 페인트가 벗겨진 창가 쪽으로 소로리가 눈길을 주니 무성한 나무들 저편에 사람의 그림자가 보였습니다. 오늘도 어깨에 짊어진 짐을 잠시 내려놓고 싶은 손님이 찾아온 모양입니다.

"자, 오늘 저녁도 문을 열어볼까. 그 손님 다시 오시려나."

소로리는 법랑 주전자에 물을 채우고 가스레인지 불 위에 올렸습니다.

택배 받는 시간을 오전 중으로 지정한다는 것은 고바시가에게 대략 아침 여덟 시를 의미한다. 심지어 여덟 시전에 이미 제대로 옷을 갖춰 입고 기다리고 있었지만 물건은 좀처럼 도착하지 않았다. 혹여나 건물 입구 현관벨 소리를 듣지 못했을까 불안해지기 시작할 무렵 인터폰이 울렸다.

손에 든 스마트폰으로 시각을 확인해보니 11시 57분.

"네."

거실 벽에 설치된 도어폰의 통화 버튼을 누르면서 가에가 대답한다.

"미나토 운수입니다."

현관벨이 울리면 자동으로 카메라가 작동해서 건물 입구를 비춘다. 화면에는 세로 줄무늬 유니폼 차림의 남자가 한 손에 소포를 들고 서 있다. 가에는 버튼을 눌러 도어락을 해제했다. 택배 기다리는 시간에 해야지, 하는 생각으로 테이블 위에 펼쳐놓은 원고는 첫 페이지부터 전혀 진척이 없는 상태다.

대학 시절 출판사에서 아르바이트를 했다. 해외에서 들여온 번역서를 주로 출간하는 부서였기 때문에 영문과를 다니던 가에가 지원할 수 있었지만 하는 일은 대체로 책장 정리와 우편물 발송 같은 잡무였다. 아주 가끔은 인쇄 전 원고를 수정하는 보조 역할을 할 때가 있었다. 원문과 번역문을 대조하거나 편집자와 교정자의 수정안을 교정지에 적어 넣는 작업이다. 어릴 때부터 해외의 어린이책 읽는 걸 좋아했지만 일로 할 수 있을 거라고는 생각해본 적도 없었다. 번역일에 대한 동경심이 커진 것은 실제로 전문 번역가의 원고를 직접 보고 나서다.

아르바이트 시절의 인연으로 졸업 직후부터 조금씩 번역 일을 받게 되었다. 처음엔 다른 일과 겸업하다가 서른 즈음해서는 그럭저럭 번역만으로 먹고 살 수 있게 되었다. 그로부터 5년. 간신히 나름의 업무 페이스가 생기기 시작했다.

택배보관함이 있으면 좋겠다, 라고 가에는 절실히 생각한다. 코인 로커처럼 건물에 택배보관함이 있으면 좋을 텐데. 그러면 집을 비울 때도 아무 거리낌 없이 물건을 배송시킬 수 있다. 그러나 주오선이 지나가는 길가에 자리한, 관리비 포함 월세 6만 8천 엔을 내고 가에 혼자 지내는 이 원룸에는 그런 편리한 설비가 없다.

최근에는 비대면 차원에서 직접 얼굴을 마주하지 않아도 되게끔 장소를 미리 지정해놓고 집 앞이나 건물 현관에 물건을 두고 가는 서비스도 생겼지만 그것도 조금 불안하다. 물론 이웃 주민을 못 믿는 것은 아니지만 자신이 모르는 사이 집 앞에 종이상자가 놓여 있는 것은 누군가에게 감시당하는 기분이 들어 괜히 무섭기도 하다.

"조금 무겁습니다."

문 앞에서 수령증에 사인을 하자 남자는 서로의 신체가 너무 가까워지지 않도록 마스크 쓴 얼굴을 살짝 옆으로 돌리면서 택배 상자를 건네주었다. 길이 약 30센티에 두께로, 손바닥을 옆으로 펼쳤을 때 크기의 작은 골판지 상자였다. 받아보니 역시나 묵직하다.

"고맙습니다!"

빙 돌아서 후다닥 계단을 내려가는 줄무늬 남자의 뒷모습을 향해 "수고하셨습니다"라고 인사를 건넸다. 방에 들어와 셀로판테이프 끝에 손을 댔다. 찍, 하는 기분 좋은 소리가 가에의 마음속 흥분점을 자극했다. 인터넷쇼핑으로 물건을 사는 일이 늘었다. 지금까지는 백화점이나 로드숍을 뻔질나게 둘러보며 이러쿵저러쿵 제품들을 놓고 고민한 뒤 선택했다면 요즘은 인터넷으로 뻔질나게 둘러본 다음 이러쿵저러쿵 판단한 뒤 선택한다.

온라인이 편리하긴 하지만 결국 실물을 보는 것은 도착한 이후다. 특히 옷은 컴퓨터나 스마트폰 화면으로 볼 때

보다 천이 싸구려거나 색감도 생각했던 것보다 칙칙해서 실망할 때가 많다. 잡화류도 의외로 물건이 조잡하거나 사이즈를 미리 확인했는데도 불구하고 막상 손에 쥐어보면 딱히 쓸 만하지 않아서 결국 사용하지 않게 되는 것도 많다. 그렇게 실패를 거듭하며 배워나가는 거겠지만 가에는 가상 공간에서의 쇼핑에 아직도 잘 적응하지 못하는 것 같은 기분이 든다.

그렇지만 그런 가에를 서포트해주는 든든한 우군이 있다. 택배를 기다리는 동안 일도 안 하고 쳐다보던 스마트폰은 테이블 위에 놔둔 채였다. 그걸 들고 인스타그램을 열었다. 가에는 SNS 계정을 만들긴 했지만 직접 글을 올리는 일은 없다. 오로지 보기만 한다. 마음에 드는 페이지를 팔로우하면 새로운 게시물이 올라올 때마다 알람이 오게 할 수 있지만 그것조차 사용하지 않는다. 마음에 드는 페이지를 일일이 찾아가서 살펴보는 걸 더 좋아한다.

곧바로 팔로잉하는 몇몇 중에서도 빠뜨리지 않고 체크하는 sayo의 페이지를 열었다. 반질반질 광택이 나는 빈티지한 갈색 널마루 바닥에 클래식한 재봉틀이 놓여 있는 사진을 클릭한다. 팔로워가 수만 명인 인기 높은 계정은 아니지만 우연히 추천 표시가 떠서 그 인연으로 종종 방문하게 되었다.

방문한다, 라고 해봤자 게시물을 보러 가는 것뿐이지만 너무 자주 봐서인지 실제로 찾아가는 기분이 들 정도로 그녀의 일상을 잘 알고 있다. 낡은 아파트를 DIY로 수리했다는 집은 말끔히 정돈되어 있으며 쓸데없는 물건이 없다. 그런데도 텅 빈 허전함이 들지 않는 것은 물건을 극한까지 줄이는 미니멀리스트와는 선을 긋고 있기 때문이다.

투박하고 손때 묻은 멋스러움이 돋보이는 묵직한 가죽 소파는 앉으면 편안할 것 같다. 은은한 별 모양의 펜던트 조명 빛이 집 안 전체를 부드럽게 감싼다. 벽을 따라 놓인, 옛날 초등학교에 있었음 직한 앤틱한 통나무 스툴 위에는 좁고 긴 유리 화병에 꽃이 무심한 듯 툭, 하고 꽂혀 있다.

창문에는 얇은 천이 커튼 대신 자연스럽게 달려 있는데 무늬나 원단을 세심하게 고른 거라 어설프게 따라했다가는 너저분해 보이기 십상이다. 숲속 나무 냄새가 날 것 같은 내추럴한 뉴트럴톤의 인테리어는 분명 치밀하게 계산된 균형과 센스로 완성한 결과물일 것이다. 가장 최근의 게시물에 등장하는 클래식한 재봉틀은 조부모님 댁 창고에 잠들어 있던 걸 물려받았다는 코멘트가 달려 있었다.

게시물만 봤을 때 sayo는 가에보다 나이가 많은 여성으

로 보인다. 가족이나 직업에 대한 언급은 없지만 식기 수
나 부엌의 모습으로 볼 때 아마 혼자 사는 듯하다. 셀카가
없어서 생김새를 알진 못해도 틀림없이 깨끗하고 건강한
피부, 자연스러운 미소를 지닌 사람일 거라고 상상해본다.
심신이 평온한 생활을 할 것이다. 가에도 그런 생활을 꿈
꾸며 혼자 인생의 선배로서 흠모하고 있다.

재봉틀 사진을 일단 닫고 쭉 이어지는 과거 게시물에서
한 장의 사진을 골라 클릭한다. 한 달 전쯤 올라온 건데 작
은 주물 프라이팬 위에서 맛있는 빛깔로 구워진 만두 사진
이다.

**남부철기의 스킬렛에 만두를 굽는다. 육즙이 풍부하고 바삭한 식감은
역시 주물 팬이 최고.**

남부철기라면 17세기부터 있던 전통 주물인데. 만두를
그런 공예품에 굽다니 더 있어 보인다. 사진에 달린 캡션
에 이어 해시태그가 이어진다.

#남부철기 #주물프라이팬 #만두 #스킬렛

주방용품의 브랜드와 제품명도 해시태그로 함께 적혀 있었다. 라이프스타일 관련 게시물을 중점적으로 올리는 SNS에는 캡션 안에 제품명이 직접 언급되거나 판매처 링크가 달려 있을 때가 많다.

당장 그 물건을 사고 싶은 사람들에겐 편리한 기능이겠지만 가에는 그런 내용의 글을 보면 조금 관심이 사그라진다. 멋진 물건을 알고 있고 사용하고 있다는 점을 어필하고 싶은 나름의 욕망이 엿보이는 데다 경우에 따라선 광고처럼 느껴지기 때문이다. 실제로 인기 있는 계정들은 기업 협찬 등으로 수익을 내기도 하니 틀린 얘긴 아니다.

하지만 sayo는 다르다. 이렇게 간접적으로 소개하면서도 궁금한 점은 제대로 짚어주는 품격이 있다. 그런 부분도 가에는 마음에 든다. 그런 만큼 sayo가 추천하거나 애용하는 제품에는 신뢰가 가서 가에 자신도 직접 사용해보고 싶어진다. 지금까지 대나무 찜기나 빗자루 같은 일본의 전통 수공예품 위주로 몇 가지 추천 제품을 사보기도 했다. sayo가 게시하는 글의 키워드는 언제나 이런 문구로 갈무리된다.

#정성을다하는생활

짙은 파란색으로 적혀 있는 그 문구를 클릭하면 정사각형 모양으로 자른 사진들이 화면 가득 펼쳐졌다. 동일한 해시태그가 붙은 게시글은 인스타그램에서만 수만 건에 이르는 듯하다. 가구나 인테리어, 요리, 잡화, 꽃. 개중에는 글만 적은 것도 있고 집 안 전체를 찍은 사진이나 요리 과정을 보여주는 영상도 있다. 게시글을 올리는 사람에 따라 사진의 분위기나 표현방식은 제각각이지만 공통적으로 시간과 노력을 들이는 것의 중요성, 그 결과 얻을 수 있는 풍요롭고 멋진 삶이 화면 너머로도 전해진다.

번역일은 외국어를 일본어로 번역하는 어학 능력만 있다고 되는 게 아니다. 원서를 깊이 읽고 자료들의 실타래를 풀어내고 표현을 고심해야 한다. 언어와 문장의 아름다움과 뉘앙스를 습득하기 위해 시집이나 때로는 어려운 평론에도 눈길을 준다. 한 번 일을 성실히 잘 해내면 다음번 일을 받을 수 있다. 가에는 그렇게 별다른 부침 없이 꾸준히 번역일을 해왔다.

아쉬운 건 번역일로 차분히 몰입할 수 있는 시간이 주어지는 게 아니라는 점이다. 책 만드는 일은 항상 시간과의 싸움이기도 하다. 바쁘다는 핑계로 집안일은 뒤로 미루기

일쑤였다. 솔직히 살림살이나 일상생활엔 그다지 관심도 없다. 밥도 편의점 도시락 같은 걸로 충분하다고 생각했다.

요즘들어 하루의 대부분을 집에서 보내게 되었다. 원래 정기적으로 출근하는 직업이 아니라고는 하나 그나마 카페나 도서관에서 작업하는 일도 줄었다. 현실에서도 화려한 활동보다는 집콕의 시간을 평온하게 충실히 보내는 것이 사회적 트렌드가 되었다.

가에도 곧 마흔 언저리다. 자신과 밀접한 의식주에 충실한 새로운 라이프스타일, 먹거리와 삶의 방식에 신경 쓰는 일상으로 바꿔나갈 기회가 지금이라고 생각했다. 라이프스타일 관련 인터넷 쇼핑몰이나 SNS를 체크하게 된 이유다. sayo의 게시글을 만난 건 그때쯤이다.

"정성을 다하는 생활."

가에는 중얼거려본다. 그러자 자신이 마치 그들만의 세계에 사는 주민 중 한 사람이 된 것 같은 기분이 들면서 어쩐지 낯간지럽다. 아무도 보는 사람이 없는데도 부끄러워서 어깨를 움츠렸다.

주물 프라이팬은 관리가 어렵다. '주물 프라이팬 사용법'이라고 검색했더니 수많은 사이트가 뜨는데 적힌 내용은 대체로 비슷하다. 처음 사용할 때 오일을 많이 붓고 약한 불에서 가열하는 시즈닝이라는 공정이 필요하고 다 쓰고 나면 곧바로 씻어서 불 위에 올려 수분을 날린 다음 뜨거울 때 오일을 얇게 펴 발라야 한다. 그렇게 하지 않으면 녹이 슨다고 한다. 물론 #정성을다하는생활의 프로들 중에는 이런 전통적인 도구를 엄청난 정성과 시간을 들여가며 완벽하게 사용하는 능력자도 많다.

그런데 sayo의 게시글에 따르면, 그녀가 소개하는 스킬렛은 전통적인 제조법으로 만들었지만 요즘 쓰기 편하게 나와서 귀찮은 전처리 과정 없이 쉽게 사용할 수 있다고 한다. 관리와 보관도 건조만 제대로 해주면 된다. 그런 적당한 느슨함이 sayo가 물건을 고르는 매력 가운데 하나다.

설레는 기분 그대로 가에가 상자를 열자 또 하나의 작은 상자가 반투명 완충재에 싸인 채 들어 있었다. 그 위에 작고 납작한 종이봉투를 체크무늬 마스킹테이프로 살짝 붙여놓았다. 봉투 안에는 영수증과 쇼핑몰의 카드. 카드에는 손글씨 메시지가 첨부되어 있었다.

'이번에 저희 매장의 제품을 구입해주신 것에 진심으로 감사드립니다. 고바시 님의 풍요로운 생활에 조금이나마 도움 드릴 수 있기를 바랍니다.'

동글동글하면서도 반듯한 글씨체로 꼭꼭 눌러 쓴 세심

한 글귀가 이어진다. 구매자 한 사람 한 사람에게 일일이 메시지를 적어 보내는 것이다. 이런 상품을 취급하는 매장까지 #정성을다하는생활의 세계에 존재하고 있다.

가에는 완전히 감동하고 말았다. 어릴 때 같으면 뽁뽁 터트리며 갖고 놀았을 완충재를 벗기고 조심스레 상자의 뚜껑을 연다. 하얗고 얇은 종이에 겹겹이 싸인 주물팬이 우아하게 자리하고 있다. 과대포장이라는 단어가 잠깐 뇌리를 스쳤지만 아니야, 하고 그 생각을 떨쳐내듯 고개를 흔든다. 정성이나 수고란 이런 것이다. 사각사각 반투명한 하얀 종이 안에서 드디어 새까만 주물 프라이팬이 얼굴을 내밀었다.

"근사하다."

무광의 검은 피부는 모든 색을 빨아들일 것 같은 흑색의 깊은 바다 같다. 군더더기 없이 스타일리시한 디자인이면서 통통하고 동글동글한 모습이 귀엽게도 보인다. 양손으로 들어 올려 사랑스럽게 어루만져본다. 다소곳이 달려 있는 손잡이는 앙증맞으면서도 주물이라 그런지 한 손으로 들기엔 무겁다. 프라이팬을 들고 흔들며 요리를 한다기보다 불 위에 올려놓은 채 조리하는 데 적합해 보인다.

가에는 스킬렛을 일단 상자에 보관하고 냉장고에서 만

두 팩을 꺼냈다. 오늘 오전 중에 제품이 도착하도록 배송 시간을 지정해놓고 어젯밤 슈퍼에서 미리 사다 놓은 것이다. 가볍게 물로 헹군 새 스킬렛을 가스레인지 위에 올린다. 1인용 부엌에 딱 맞는 작고 아담한 사이즈다. 불을 켜자 프라이팬 표면의 수분이 거품처럼 뭉치더니 작은 물방울로 쪼개져서 미끄러지듯 대굴대굴 춤을 췄다.

물방울이 없어지자 고소한 참기름을 한 숟갈 두르고 중심에서 원을 그리듯 가지런히 만두를 펼쳐놓았다. 질서 정연하게 같은 방향을 향하고 있는 만두의 모습이 마치 풍차의 날개처럼 보이는데 지금이라도 당장 빙글빙글 돌아갈 듯하다. 만두로 만든 풍차 날개 주변에 반 컵 분량의 물을 붓자 스킬렛이 쉬잇 소리를 내며 하얀 연기를 내뿜었다.

"중불에서 굽다가 수분이 없어지면 마지막에 참기름을 한 바퀴 둘러 완성."

만두 포장지에 적혀 있는 조리법을 읽으면서 스킬렛 안을 들여다본다. 지글지글 물이 끓으면서 만두 주변을 감싼다. 이 뜨거운 물이 걸쭉하게 점성을 띠고 철판 바닥의 검은색 표면이 드러날 때 참기름을 전체적으로 한 번 더 두르고 불을 껐다.

"자, 그럼."

프라이팬 뒤집개로 만두를 그릇에 옮겨놓으려는 순간 손이 멈췄다. 뒤집개가 만두 밑으로 잘 들어가지 않는다. 바싹 들러붙어서 그런 것 같다. 다른 방향으로 넣어도 안 된다. 철판은 열을 전도하기 쉽다. 불을 꺼도 열기가 계속 유지된다. 그 점이 매력적인 부분이라지만 지금은 그런 생각을 할 상황이 아니다. 탄내와 연기가 부엌 한가득이다.

"앗, 뜨거워!"

급한 마음에 손잡이를 만졌다가 데일 것 같은 뜨거움에 당황해서 몸을 뺐다. 스킬렛은 몸통 전체가 철로 되어 있다. 불 위에 올린 다음엔 맨손으로 절대 잡을 수 없다. 전용 장갑이 한 화면에 함께 등장하는 것은 그런 이유에서다. 싱크대 물로 손가락 끝을 식히면서 그 사실을 그제야 깨달았다.

기상은 해 뜨는 시간에 맞춘다. 아침 햇살을 받아 몸이 깨어나면 정신 건강에도 좋다고 한다. 일어나자마자 뜨거운 물을 한 컵 마신다. 가볍게 스트레칭을 한 다음 명상. 자세를 바로 하고 눈을 감고 호흡에 집중하면 머리가 맑아지는 효과가 있다. 요즘은 마인드풀니스, 라고도 부른다. 그런 다음 단백질 위주의 제대로 된 아침 식사를 하고 채비를 마칠 즈음 드디어 세상이 움직이기 시작한다. 이런 내용은 #정성을다하는생활이 적힌 많은 페이지에 모닝 루틴이라는 키워드로 소개돼 있다.

가에도 따라해보곤 있지만 이런 아침 습관이 쾌적한가, 라는 질문에는 말문이 막힌다. 오히려 해야 할 일에 쫓겨 허둥댄다. 행동 하나하나에 정성을 들인다는 것은 생각보다 노력이 필요한 일이다.

터진 만두 때문에 엉망이 된 스킬렛을 바라보는 가에의 어깨가 축 처졌다. 만두피에서 속이 다 삐져나온 그것은 더 이상 만두가 아니다. 따끔거리는 손가락에 신경 쓰면서 내용물을 숟가락으로 박박 긁어 입 안으로 가져갔다. 그때는 다행히 손잡이에서 열기가 완전히 빠진 상태였다.

싱크대로 가져가 수세미로 싹싹 문지르자 간신히 들러붙은 부분이 떨어졌다. 주물 팬을 다시 불 위에 올리고 물방울이 대굴대굴 구르며 증발되는 모습을 멍하니 바라본다. 몇 번이나 읽고 외워놓은, 사용 후 공정이다. 익숙하게 사용하게 되는 날을 그토록 즐거운 마음으로 기다렸건만 이젠 귀찮기만 한 작업이 되어버렸다.

'피곤하네.'

스마트폰 화면에는 제대로 구워 겉바속촉처럼 보이는 노릇노릇 맛있는 빛깔의 만두 사진이 떠 있는 채였다. 그걸 닫고 브라우저 검색 화면에 '피로에 잘 듣는'이라고 입력해본다. 맨 처음 나온 페이지를 클릭하자 '면역력을 높입시다'라는 제목 밑에 추천하는 음식과 스트레칭, 비법 등이 소개된 기사가 이어졌다.

'면역력이라……'

그 페이지를 북마크하고 다시 메인 화면으로 돌아가자 새로운 이메일이 들어왔다는 빨간색 알림 표시가 떠 있었다. 보낸 사람은 편집부의 사카시타였다.

교정지가 나왔습니다. 댁으로 보내드릴까요? 참고로 저는 오늘 출근하는 날이라서 퇴근 시간까지 자리에 있을 거니까 들러주신다면 대환영입니다. 업무적으로는 어느 쪽이든 상관없으니 편하신 대로 하시면 되고요. 그럼, 연락 부탁드립니다.

이 일은 사람을 전혀 만나지 않고도 책이 완성돼버리는 경우도 있다. 최근 재택근무를 장려하는 분위기에서 더 그렇게 되었다. 원고를 주고받는 것은 이메일로도 할 수 있고 회의도 온라인으로 충분하다.

번역자와 편집자 양쪽에서 수정을 몇 차례 거치면서 어느 정도 진행이 되면 원고가 실제 책으로 인쇄되는 형태로 만들어진다. 그걸 프린트아웃한 것을 교정지라 부른다. 이 단계에서 드디어 데이터에서 책의 꼴로 모습을 바꾸는 것이다. 그림책이나 어린이책은 페이지 수가 적지만 성인용 소설 같은 경우 A4 크기로 100장 가까이 된다. 나름 볼륨이 커지는 것이다. 물론 집까지 우편 발송을 해주는 경우도 있지만 보통은 편집부로 받으러 간다. 적어도 지금까지 가에는 그렇게 일해왔다.

그러나 지금은 교정지 자체가 PDF 등으로 데이터화되어 이메일로 주고받는 일도 당연해졌다. 직접 찾아갔는데 담당 편집자가 재택근무로 출근하지 않았을 수도 있어서 구태여 일부러 찾아갈 필요도 없다. 일하는 데는 전혀 지장이 없다. 오히려 시간 낭비가 없는 만큼 일 진행도 빠르다. 하지만 사람을 직접 만나지 않은 채 책이 완성된다는 것은 뭔가 재미가 없다. 그래서다. 시간 여유가 있을 때는 운동 부족도 해소할 겸 담당 편집자의 출근 날짜에 맞춰 가능하면 출판사로 찾아간다.

지금 함께 작업하는 출판사는 주오선을 타고 가다 중간에 소부선으로 갈아타고 몇 개 역을 지나서 내리면 걸어서

10분 정도 걸리는 위치에 있다. 도어 투 도어로 30분 정도면 도착한다. 가에는 탄내가 남아 있는 부엌을 뒤로 하고 수납장에서 숄더백을 꺼내 어깨에 걸쳤다.

　편집부가 있는 건물 1층에는 작은 식당이 입점해 있지만 반년쯤 전부터 문을 닫은 상태다. 임시휴업이라고 쓴 종이는 색이 바래 있다. 예스러운 서체로 '정원 5명'이라고 적혀 있는 엘리베이터를 타자 덜컹거리는 진동과 함께 천천히 올라가다 3층에서 문이 열렸다. 엘리베이터 홀과 중문이 따로 없고 그대로 사무실로 이어지는 구조다.

　"실례합니다."

　안쪽을 기웃거리며 말을 건네본다.

　"고바시 선생님, 일부러 와주셔서 감사하고 죄송합니다."

　니트 소재의 아이보리색 상의에 겨자색 캐미솔 원피스를 겹쳐 입고 부티를 신은 스타일리시한 사카시타가 달려나왔다.

　"지금은 아무도 안 계시거든요."

　예전엔 30명 가까이 되는 편집부 직원들이 분주하게 오가며 일하던 사무실이 오늘은 더없이 고요하다.

　"기본적으로 회사가 재택근무를 권고해서요. 출근을 아

예 한 달에 한 번 정도만 하는 사람도 있어요."

"할 수 있으니까요. 편집일이라는 게, PC하고 스마트폰 만 있으면 어디서든."

사내에 있는 데스크톱 PC는 주인이 없어 갈 곳을 잃었다.

"그렇긴 하죠. 하지만 저는 집이나 카페에서는 아무래도 집중하기 힘들어서요. 회사에 있는 편이 복사기도 있고 모니터 화면도 커서 일이 더 잘 돼요."

웃으면서 그렇게 말하고 나서 "여기 교정지입니다." 하며 A4 크기의 갈색 봉투를 건네준다. 두께 3센티 정도 되는 봉투의 입구로 안을 들여다보니 종이 다발 중간 중간에 핑크색과 노란색 포스트잇이 얼굴을 내밀고 있었다.

"양이 꽤 되네요."

포스트잇을 붙인 곳은 편집자가 번역자에게 질문하는 내용, 말하자면 수정 의뢰 부분이다.

"아니에요. 대부분은 표기 통일하는 문제 같은 거예요."

사카시타는 눈을 동그랗게 뜬 채, 전혀 그렇지 않다는 표정을 지어 보인다. 통일이라는 건 한 권의 책 안에서 일관되게 표기를 한다는 의미다. 예를 들어, '나는'과 '저는'을 섞어 쓰지 않는다거나 '나는'을 뜻하는 다른 뉘앙스의 표현은 어떻게 처리할 것인가 결정하는 문제다. 한 권의 책 안에서 부자연스럽게 느껴지지 않도록 신경을 쓰는 것인데 장면이나 내용에 따라선 그냥 섞어 쓰는 것도 하나의 표현방식이라고 생각한다. 그 부분은 번역가의 재량에 달린 문제다.

원래 영어에선 전부 일인칭의 I. 그걸 어떻게 번역하느냐에 따라 등장인물의 캐릭터와 인물 간의 관계성이 달라진다. 일본어 표현의 아름다움을 음미하면서 실을 잣듯이 단어를 고를 수 있다는 것은 번역일의 묘미이기도 하다.

"그리고 여기, 선물이요."

길고 가느다란 종이봉투에는 가나자와의 유명한 과자점 이름이 크게 적혀 있다.

"본가에 다녀오셨죠?"

이메일로 전해들은 소식이다.

"네. 제사라서요. 하지만 도쿄에서 일부러 내려가면서 폐를 끼치면 안 되지 싶어 당일치기로 제사 지내고 성묘만 하고 돌아왔어요."

먼 길을 뚫고 자신에게 온 선물이라고 생각하니 무게가 남다르게 느껴진다. 다소곳이 머리를 숙이고 양손으로 받았다.

'무겁다.'

기분 때문에 그런 게 아니라 실제로 상당한 중량감이 느껴진다. 설마 금괴나 금화라도 들어 있는 걸까, 뇌물은 아닐까 억측이라도 하고 싶어질 정도다. 편집자가 번역자에게 뇌물이라니, '마감일 잘 지켜주세요'라는 압박 외에 딱히 뇌물로 부탁할 게 있을 리 없다.

"최선을 다해 열심히 하겠습니다."

이 말이 가에 자신도 모르게 입 밖으로 튀어나오기 직전에 내용물이 밝혀졌다.

"한입 양갱이에요. 진공 포장이니까 여러 날 두고 드셔도 돼요."

무거운 이유가 있었네. 소가 빈틈없이 가득 들어 있는 양갱인가 보다.

"고바시 선생님은 어떻게 지내세요?"

화제는 서로의 일상생활로 넘어간다.

"저야 지금껏 집에서 일을 해왔기 때문에 특별한 변화는 없어요. 그래도 집에서 보내는 시간이 늘어나기는 했네요. 온종일 외출하지 않는 날도 있으니까요."

"직접 요리도 하시나요?"

"아, 네……."

애매하게 대답한다. 속만 남은 만두를 떠올리면서 과연 그걸 요리라고 부를 수 있을지 자문한다.

"아뇨. 잘 못 해요."

정확히 정정한다. 이럴 때 자신 있게 "네, 하고 있어요" 라고 말할 수 있다면 얼마나 근사할까. 대답보다 터져 나온 한숨 소리가 더 크게 들려왔다.

"직접 하시는 게 어디예요. 저는 매일 우버이츠에 의지 하는데요."

최근 자주 듣게 되는, 테이크아웃 요리를 배달해주는 서비스다. 배달 아웃소싱이라고 할까.

"그냥 다 포기 상태예요."

사카시타가 어깨를 움츠린다. 그녀는 남편과 둘이 산다고 들었다. 혼자 사는 자신은 몰라도 테이크아웃만 하면 남편이 불평하지 않을까. 이런저런 생각을 하면서 교정지가 들어 있는 봉투와 선물 꾸러미를 어깨에 걸친 가방 옆구리로 부스럭대며 찔러 넣고 있는데 "스케줄은 조금 빠듯하겠지만 잘 부탁드립니다"라고 말하며 사카시타가 꾸벅 머리를 숙였다. 역시 그렇지.

"알겠습니다."

양갱의 무게만큼 어깨가 무거워졌다.

출판사를 나오니 벌써 저녁이다. 이제부터 돌아가서 저녁밥을 만들 기력도 없다. 그러고 보니 이 근처에 자연식 도시락을 테이크아웃할 수 있는 가게가 있다고 전에 인터넷에서 본 적 있다. 스마트폰으로 사이트를 검색하는데 가에 옆으로 자동차가 속도를 높이며 지나갔다. 큰길에서 벗어나 안쪽으로 들어갔다.

그 가게를 발견한 것은 그때다.

"아니, 이런 데 카페가 있네?"

시선 끝에 무릎 아래 정도 높이의 작은 간판이 나와 있었다.

'1인 전용 카페 도도'

그 밑에 '면역력을 높여주는 커피가 있습니다'라고 급하게 매직으로 흘려 쓴 듯한 카드를 압정으로 고정해놓았다.

'응? 면역력을 높인다고? 이거야말로 딱 지금의 나를 위한 가게잖아……'

검색 화면을 닫고 골목 안으로 들어섰다.

골목 끝에는 아담한 단독주택이 서 있었다. 입구의 '영업 중' 팻말에 이끌리듯 빛바랜 금색 손잡이를 붙든다. 하늘색 페인트칠을 한 무거운 문을 당기자 끼익 소리가 났다. 작고 고즈넉한 가게 안은 여기저기 오래된 목재가 쓰여서 마치 산속의 오두막 같다. 타일이 붙어 있는 주방 안쪽에서 물을 끓이던 주인이 돌아보았다.

"어서 오세요. 카페 도도에 오신 걸 환영합니다."

네이비 라운드넥 스웨터에 베이지 면바지. 어깨끈이 달린 검은색의 두툼한 앞치마를 두른 키 큰 남성이다. 가에보다 조금 나이가 있어 보인다. 삼십 대 후반이나 많아야 사십 대 초반 정도. 삐친 듯한 곱슬머리는 자연산일까, 아니면 그렇게 세팅한 걸까. 작고 갸름한 얼굴, 검은 테의 동그란 안경 속 눈빛이 살짝 미소를 지었다.

"혼자 왔는데요……."

"네. 저희 가게는 1인 전용 카페입니다."

그러고 보니 간판에 그렇게 적혀 있었다.

낮과 밤 사이의 어중간한 시간 탓인지 가게 안에는 다른 손님이 보이지 않는다. 주인은 그것에 대해 설명이라도 하듯,

"1일 1팀 한정이지만 완전 예약제 같은 건 아니에요. 혹시나 싶어 말씀드리는 건데요."

그렇게 말을 이었다. 손님을 대하는 일을 하지만 낯을 많이 가리는 사람 같다. 눈길을 피하면서 더듬더듬 이야기한다.

"예쁜 가게네요. 이런 곳에 카페가 있을 줄이야. 지금까지 몰랐어요."

"자주 듣는 얘기예요. 숲 때문일까요."

주인이 고개를 기울이는 모습을 보고 덩달아 가에도 창밖으로 눈길을 주었다. 확실히 지극히 평범한 주택가에 어울리지 않게 나무들이 울창하다. 그런 만큼 카페를 발견한 사람들은 자기만의 비밀 아지트로 삼고 싶을 것이다. SNS 같은 데 올려서 널리 알려지는 걸 원하지 않는 의식적 마음이 작동하는 것일까. 거래처에서 가까운 이 주변 정보는 비교적 자주 찾아보는 편인데도 전혀 알아차리지 못했다.

"알 사람은 알겠지, 뭐 그런 의미인가 봐요?"

가에가 몸을 앞으로 기울이며 물어보았다.

"오시고 싶은 분들이 찾아와주시는 걸로 충분하다고 생각하고 있습니다."

그렇게 말하며 주인이 덥수룩한 머리에 손을 올렸다.

카운터에는 스툴 의자가 다섯 개 놓여 있다. 1인 전용이라고 하니 다섯 명이면 만석인가. 자리 간격을 넓게 유지하기 위해 의자 수를 줄인 걸지도 모른다. 그런 생각을 하면서 입구와 가까운 자리에 앉았다.

"커피 주문할 수 있나요? 아, 밖에 적혀 있는 거요. 면역력 높여준다는."

주문을 마치고 가에는 손에 들고 있던 스마트폰을 카운터에 놓았다.

그 모습을 보자마자 주인이 바로 "아" 소리를 냈다.

"걱정 마세요. 사진 안 찍을 거예요."

가에가 당황해서 손을 저었다.

"아니요. 가게 안은 신호가 잘 안 잡혀서요. 혹시 핸드폰 쓰실 거라면."

담담하게 주인이 말을 이었다.

"마당에 있는 자리는 어떠신가요?"

"네? 밖에도 자리가 있군요."

창문 너머로 보니 아직 어두워지기 전 투명한 블루의 세계가 펼쳐져 있었다. 가에는 주인이 재촉하는 대로 자리에서 일어났다.

들어올 때는 몰랐는데 빽빽한 나무들에 둘러싸인 채 잔디가 깔려 있는 공간에 나무 테이블 세트가 아담하게 놓여 있었다. 빨강과 흰색의 깅엄 체크 테이블보를 말끔히 깔아 놓은 테이블과 낮은 의자는 아동용인가 싶을 정도로 작다. 그런데 조심조심 앉아보니 몸에 딱 들어맞는다. 가에는 느슨히 어깨의 힘을 뺐다.

주문한 음료를 기다리는 동안 무료함을 달래려고 스마트폰을 켰다. 방금 북마크를 해둔 면역에 관한 기사 페이지를 펼친다. 읽다 보니 효과가 있는 음식 맨 첫 자리에 현미가 적혀 있다.

"현미구나."

그러고 보니 sayo도 매일 뚝배기에 현미밥을 짓는다고 전에 올렸던 듯하다. '현미밥 짓는 법'으로 검색을 하니 많은 페이지가 나왔다. 추천하는 뚝배기도 몇 개 소개돼 있다. 가에는 순간 주물 프라이팬 속 만두의 잔해를 떠올리고 있었다.

머릿속에 부엌의 모습이 영상처럼 펼쳐진다. 냉장고와 벽 사이에 놓여 있는 빗자루는 털끝이 맥없이 동그랗게 휘어진 채 먼지가 앉아 있다. 빗자루는 100엔 숍에서도 팔고 있고 가게에서 사봤자 수백 엔이다. 애당초 원룸에서 빗자루를 쓸 일이 그리 있을까. 청소기도 있는데. 그런데도 양질의 국내산 천연 소재로 된 수제품이라는 sayo의 코멘트가 매력적으로 다가왔다. 시중 가격보다 30배나 비싼 그 물건을 인터넷쇼핑으로 주문했다. 도착한 빗자루로 방을 살살 쓸기만 했는데도 우월감 비슷한 기분으로 충만해졌다. 하지만 그것도 딱 한 번이다.

머릿속 카메라의 앵글을 위로 올린다.

식기 선반 안쪽에는 대나무 찜기가 잠들어 있다. 찜기로 쪄낸 따뜻한 채소는 이틀 먹었더니 질려버렸다. 창밖의 베란다는 어떤가. 바질 묘목을 사다 키웠다. 물만 줘도 순조롭게 잘 자랐지만 어느 날 잎에 커다란 구멍이 나 있었다. 자세히 보니 잎 뒤쪽에 벌레가 붙어 있었다. 꺼림칙해서 손을 뗐다. 그날 이후 베란다 쪽은 쳐다보지도 않는다. 틀림없이 바질 잎은 전부 벌레가 먹어 치웠을 것이다.

자기 자신에게 실격이라는 낙인이 찍힌 듯한 기분이 들었다.

'더 이상 실패하고 싶지 않아.'

몇몇 사이트에서 현미밥 짓는 법을 알려주는 온라인 강좌를 발견하고 곧바로 신청했다.

손님을 마당의 테이블로 안내한 소로리가 주방으로 돌아왔습니다.

냉장고에서 생강을 꺼내 껍질을 벗기고 얇게 썹니다. 그리고 식기 선반 안쪽에서 유리 용기에 쇠붙이가 달린 기구를 꺼냈습니다. 유리 용기 안쪽의 핸들을 내려서 커피를 추출하는 프렌치프레스라는 도구입니다. 바깥쪽 뚜껑을 열고 갈아놓은 향긋한 원두를 두 숟가락, 얇게 썬 생강 세 조각, 마지막으로 몇 가지 향신료를 첨가했습니다.

법랑 주전자의 뚜껑이 흔들리며 달그락달그락 소리를 냅니다. 소로리는 입구에서 하얀 수증기가 위세 좋게 퍼져 오르는 주전자를 가스레인지에서 내리고 유리 용기에 뜨거운 물을 붓습니다. 처음엔 커피 원두가 가라앉을 정도의 양을 부었습니다. 그러고 나서 손을 멈추고 호흡을 한 번 하고, 천천히 80퍼센트 정도 채웁니다.

잠시 우려내는 시간이 필요합니다. 그 사이 손잡이가 달린 바구니를 준비하고 바닥에 천을 깔았습니다.

"컵과 컵 받침. 그리고 냅킨도."

창밖으로 눈을 돌립니다.

"조금 쌀쌀해졌을까."

카운터 옆에 놓여 있던 타탄체크 무릎담요도 둥글게 말아서 챙깁니다. 커피도 적당히 우러났습니다. 안쪽 핸들을 반쯤 내린 프렌치프레스에 옷을 입히듯 플란넬 천으로 감싸고 바구니에 조심조심 담았습니다.

"이제 됐다."

모든 준비가 완벽하게 끝나자 만족스러운 듯 고개를 끄덕이고 밧줄 고리에 바구니의 손잡이를 매달았습니다. 손님에게 말을 전하기 위해 창밖으로 마당을 살피니 주변은 이미 어두워져 있습니다. 너무 오래 기다리게 했는지 모릅니다.

"커피 나갑니다. 그쪽에서 받으시면 돼요."

목소리가 들리도록 몸을 빼고 말한 다음 소로리는 서툴게 도르레를 작동시켰습니다. 가게 안의 기둥과 마당 한가운데 서 있는 느릅나무의 줄기를 밧줄로 연결해 수동으로 작동시키는 도르레입니다. 소로리가 직접 만들어서 어설픈 부분도 있고 덜컹덜컹 흔들리기도 하지만요.

고개를 든 손님의 손에는 스마트폰이 쥐어져 있습니다. 그녀는 천천히 다가오는 바구니를 지켜보면서 "이렇게 오는 거군요"라며 싱긋 웃었습니다.

바구니가 무사히 손님 손에 건네진 것을 창밖으로 확인하고,

"면역력을 높여주는 커피입니다. 프렌치프레스 핸들을 밑으로 내린 다음 드시면 됩니다."

그렇게 말한 다음 소로리는 다시 주방 안으로 돌아왔습니다.

가에는 스마트폰을 테이블 위에 내려놓고 바구니에서 컵과 컵 받침, 그리고 천으로 감싸놓은 가늘고 긴 유리 포트를 꺼낸다.

"아, 프렌치프레스구나."

들은 대로 핸들을 내리고 컵에 따랐다. 한 모금 마시니 커피 향에 더해 전해지는 스파이시한 향기에 휩싸였다.

'향신료가 들어간 커피라니 신기하다.'

커피의 쓴맛에 향신료의 향기가 섞여서 설탕을 넣지 않았는데도 은은한 단맛이 느껴진다. 코로 살짝 숨을 들이켜니 진짜 깊은 숲속에 있는 것 같았다. 쌀쌀함이 느껴져 담요를 무릎에 걸치며 새삼 바구니 속을 들여다보는데 구석에 빈 잼 병 같은 게 보인다. 꺼내 보니 병 속에 원뿔 모양의 티 캔들이 들어 있었다. 원 터치식 라이터도 있다.

"이걸로 초에 불을 붙이라는 거구나."

딸깍, 라이터에 불을 켜고 초 끝에 가까이 대는 순간 주변이 동그랗게 주황빛으로 물들며 환해졌다. 스마트폰 화면에 너무 열중하는 바람에 해가 완전히 졌다는 걸 알아차리지 못했다. 나무들이 수런거리는 소리가 가에를 감싸고 있었다. 살랑살랑 작은 촛불이 흔들리는 모습을 가만히 바라본다.

'왠지 차분해진다.'

매일 출근을 하지 않는 만큼 자유롭게 쓸 수 있는 시간은 전보다 늘어났다. 그런데도 항상 뭔가에 쫓기는 듯한 기분이 든다. 이렇게 멍하니 시간을 보내는 것도 오랜만이다. 시간을 담뿍 들여 커피를 마시고 나서 가에는 자리에서 일어났다. 마당에서 가게 안을 들여다보지만 주인은 주방 안쪽에 있어서 이쪽 상황을 알지 못한다.

'직접 갖다 드리는 게 나을까.'

가에는 다 마신 커피잔 세트를 바구니에 담아서 가게 안으로 들어갔다. 촛불만으로 주위를 밝힌 가게 안은 은은한 조명으로 더욱 아늑하게 느껴졌다. 해가 진 저녁의 카페는 고요하고 다른 손님은 아무도 없었다.

"잘 마셨습니다."

바구니를 주인에게 건네면서 물어본다.

"왜 면역력을 높여주는 커피인가요?"

주인은 안경을 양손으로 살짝 들었다가 똑바로 쓴다. 흐릿했던 렌즈가 깨끗해졌다.

"아, 그러니까……."

안경 속의 눈을 반짝반짝 빛내면서,

"생강에 시나몬, 카더멈 그리고 팔각. 그다음 흑후추도 조금 넣었어요."

암송하듯 하나하나 재료를 손가락으로 세며 대답한다.

"그렇게나 많이요? 그래서인지 정말 향이 풍부하네요."

콧구멍을 간지럽히던 향기를 떠올린다.

"전부 다 몸을 따뜻하게 하는 효과가 있는 향신료예요. 면역력을 높이는 데 찬 성질은 금물이니까요."

주인이 등을 쭉 펴는 모습을 보니 나름 야심작인 모양이다. 그러고 보니 방금 본 사이트에도 그런 식재료가 있었나.

'어쩐지 재미있는 가게 같다.'

돌아오는 길, 기분 탓인지는 몰라도 가에는 몸이 따뜻해진 느낌이 들었다.

온라인 강좌 덕분에 뚝배기에 현미밥을 짓는 일도 꽤 익숙해졌다. 처음 몇 번은 끓어 넘치는 바람에 가스레인지가 더러워져서 기가 죽기도 했지만

"여러분, 처음엔 원래 다 그래요."

라고, 강좌를 이끄는 현미 연구가 강사가 격려해주었다. 현미는 식이섬유와 비타민이 풍부해서 영양 면에서도 훌

릉할 뿐 아니라 변비 해소와 피부 미용에도 효과가 있다고
한다.

10명 정도의 수강생들은 모두 의욕이 넘쳤는데 그런 분
위기 또한 좋은 자극이 되었다.

"물의 양을 많이 잡으면 부드러워질까 해서 시도해보았
는데 그렇지도 않은 것 같아요. 역시 정해진 양을 지키는
게 중요하네요."

이렇게 연구에 열심인 사람도 있고

"현미밥을 먹기 시작한 후로 아이들 컨디션이 좋아졌어요."

라고 말하는 육아맘까지 연령층도 다양하다.

"현미 식생활을 시작한 후로 면역력이 아주 좋아진 걸
느낍니다."

그렇게 가에도 적극적으로 말했다.

'처음 도전하는 현미밥' 총 4회 과정이 끝나자 다음으로
한 단계 업그레이드된 강좌가 마련되었다.

"발효 현미 과정도 있어요."

강사의 말을 듣고 화면 너머에서 수강생들이 환희의 미
소를 지었다. 현미밥을 며칠 동안 발효시키면 영양가가
풍부해지고 디톡스 효과도 높아진다고 한다. 전용 밥솥도
있다.

"인기 강좌니까 원하시는 분들은 서둘러 신청해주세요."

수강생들 모두 고개를 끄덕였다. 발효 현미에 관심이 있었던 건 아니지만 이대로 계속하다 보면 가에도 #정성을다하는생활 주인공들과 비슷해지지 않을까, 의욕을 다졌다. 신청 첫날 사이트에 접속하니 이미 비어 있는 시간대가 별로 없었지만 간신히 한 자리 확보할 수 있었다. 주소와 지불 방법 등을 입력하다 보니 마지막에 주의사항과 동의란에 체크하라는 문구가 나왔다. 건강한 식생활을 하고 싶은 마음에 정신을 차려보니 이런 사이트까지 인도되었다. 정성을 다하는 생활을 원했을 뿐이니까.

가에는 심장이 묘하게 두근거리는 걸 진정시키고 싶어서 현미 식생활을 시작한 뒤 한동안 방문하지 않았던 sayo의 페이지를 열어보았다. 화면 가득 이어지는 내추럴하면서도 스타일리시한 정사각형의 사진들은 이전과 완전히 달라져 있었다.

꽃병을 올려놓았던 빈티지한 나무 스툴은 없어지고 그저 넓고 휑한 무기질의 공간만 펼쳐졌다. 가장 최근의 게시글에는 심하게 번쩍이는 새빨간 상자형 가전이 올라와 있고, 상품명이 대대적으로 적혀 있었다. 그리고 최신식 오븐레인지가 얼마나 훌륭한지 알리는 사진 설명이 달려 있다.

부엌은 산뜻, 시간은 절약, 남는 시간엔 어른을 위한 공부

#로 구분해놓은, 자기계발을 강조하는 문구가 이어졌다. 그전의 몇몇 게시물을 확인해봤지만 현미도, 빗자루도, 주물 프라이팬도 보이지 않았다. 그런데도 마지막은 언제나처럼 같은 문장으로 갈무리되었다.

"정성을 다하는 생활."

가에는 주문을 읊조리듯 중얼거려본다. 하지만 이것은 번쩍이는 마법의 주문이 아니다. 속박이다. 멋지죠, 근사하죠, 라며 정성을 강매하는 것이다.

'이제 질린다……'

스마트폰을 닫고 책상 위에 올린 양 팔꿈치 사이에 머리를 파묻고 눈을 감았다.

오늘 아침은 알람이 울리지 않았다. 스마트폰 전원이 켜져 있지 않아서 그런 건 아니다. 설정을 잘못한 것도 아니다. 다른 이유가 있는 게 아니라, 가에 스스로 끈 것이다. 의도적으로.

기상 시각은 4시 58분. 그보다 정확히 15분 전에 눈이 떠졌다. 몽롱한 상태에서 창가 쪽으로 눈을 돌리니 블라인드 너머로 아직 채 아침이 오기 전 군청색에 가까운 하늘이 보였다. 그때 아무 망설임 없이 침대 옆의 스마트폰을 붙들고 알람 설정을 껐다. 이로써 15분 후에 지저귀는 새소리에 잠을 깨는 일은 없을 것이다. 다시 눈을 감았다.

두 번째로 눈을 뜬 것은 한낮의 햇살이 원룸 한가운데까지 쏟아져 들어올 즈음이었다. 이쯤 되면 잘 자서 개운한 게 아니다. 너무 많이 자서 머리가 아프다. 멍한 기분 그대로 완벽하게 알람의 임무를 방기한 스마트폰을 끌어당겼다. 누운 채 한 손으로 클릭해서 SNS 화면을 열었다. 추천 화면에는 비슷한 게시물만 잔뜩 뜬다. 보는 사람의 취향에 맞춰 좋아할 만한 페이지를 상위에 노출하는 기능이 있어서 그런 것 같다. 그 위세에 압도될 것 같으면서도 몇몇 사진을 클릭한다.

오늘도 #정성을다하는생활 주인공들은 이른 아침부터 따뜻한 물을 마신 다음 명상을 하고 손이 많이 가는 요리를 만들고 있다. 보고 싶지 않은데도 반사적으로 손가락이 움직인다. 그렇다고 즐거운 기분이 드는 것도 아니고 상대적으로 부족한 자신의 모습에 기운만 빠진다. 그런 무한 루프에서 빠져나올 수 없다. 가에의 모닝 루틴은 이제 더 이상 따뜻한 물과 명상이 아니다.

'이건 그냥 스마트폰 중독인데.'

마음속으로 자신을 비웃었다.

아침에 늦게 일어난 탓에 하루 중 남은 시간이 얼마 안 된다. 번역한 책이 완성되었다는 연락을 받았다. 우편으로 받는 대신에 편집부로 가지러 가기로 한 이유는 그 카페가 생각났기 때문이다. 오늘은 사카시타가 출근하는 날도 아니다. 편집부의 젊은 남자 직원에게 책을 받자마자 급히 골목길로 향했다.

골목 입구에는 지난번과 마찬가지로 작은 간판이 서 있었다. 그런데 뭔가 다르다. 위화감을 느끼면서 다가가 보니 '면역력을 높여주는 커피가 있습니다'라는 원래의 손글씨 카드에 뭔가 추가로 적혀 있다. 자세히 보니 '면역'이라는 글자가 ×표로 지워지고 그 위에 작게 '자기긍정'이라고 적혀 있다.

"자기긍정력을 높여주는 커피……."

가에는 그 자리에 멍하니 멈춰 섰다.

"어서 오세요. 카페 도도에 오신 걸 환영합니다."

곱슬곱슬한 머리카락이 자고 일어나 삐친 건지 붕 떠 있다.

"마당 자리에 앉으시겠어요?"

곧바로 그 질문을 받고 가에는 깜짝 놀란다.

"전에 왔던 걸 기억하시는군요. 음, 사장님……."

"소로리, 라고 합니다."

특이한 이름이라는 생각을 하는데

"애칭이에요."

쑥스러운 듯 작게 덧붙인다.

"오늘은 가게 안에 앉을게요."

"그렇지만……."

사장인 소로리가 가에의 손에 눈길을 준다.

"괜찮습니다."

가에는 쥐고 있던 스마트폰을 가방에 집어넣었다. 카운터에 앉으니 소로리가 슬쩍 가에의 모습을 살폈다.

"자기긍정력을 높여주는 커피로 하시겠어요?"

입 밖으로 소리 내어 말하니 무게가 느껴지는 문장이다. 가에는 소로리의 시선을 조금 피하면서,

"예에."

하고 애매하게 긍정의 메시지를 보냈다.

가에는 #정성을다하는생활 페이지에서 종종 봤던 커피 사진을 떠올리고 있었다. sayo도 앤틱한 커피그라인더로 규슈의 커피 가게에서 공수한 원두를 갈고 있다는 내용의 게시물을 올린 적이 있다. 뭔가 특수한 드립 방식을 사용하는 걸까, 궁금해서 주방 쪽을 살피니 주전자에서 뽀얀 수증기가 풍성하게 뿜어져 나왔다.

소로리가 딸깍 가스레인지의 불을 끄고 주전자 뚜껑을 손으로 만졌다. 그 순간

"앗."

뜨거워서 터져 나온 소리가 조용하던 가게 안에 울려 퍼지자 창피한 듯 고개를 숙였다. 그 모습을 보고 있으니 가에도 주물 프라이팬에 화상을 입을 뻔 했던 날의 기억이 떠올랐다. 그러자 우스꽝스럽게 느껴져서 자기도 모르게 웃음이 새어 나왔다. 당시 울적해하던 자신의 모습이 조금 바보처럼 느껴졌다. 소로리가 내열 장갑을 끼고 조심스럽게 주전자 뚜껑을 열었다. 수증기가 뭉게뭉게 번지면서 동그란 검은 테 안경을 흐릿하게 만들었다.

"숟가락으로 산처럼 가득 두 번."

그렇게 중얼거리며 소로리가 등을 쫙 편다. 뭔가 의식을 치르는 듯 엄숙하고 정중한 자세로 녹색 커피통에서 가루

상태의 원두를 떠서 주전자에 집어넣는다.

"어? 필터를 쓰지 않고 원두를 직접 넣는 건가요?"

가에가 놀라서 물었다.

"네."

아주 진지한 얼굴로 고개를 끄덕이고 나서 다시 뚜껑을 닫았다.

"이제 원두가 가라앉을 때까지 기다리는 겁니다."

잠시 후 주전자에서 향긋한 커피 향이 떠다닌다 싶을 때쯤 가에 앞에 빈 컵이 놓이고 그 옆에 주전자가 쓱 놓였다.

"자기긍정력을 높여주는 주전자 커피입니다. 살살 따라서 드시면 돼요."

"주전자 커피?"

"물을 끓인 주전자에 갈아놓은 원두를 넣고 그대로 놔두면 추출이 돼요."

"그걸로 끝이에요?"

뭔가 맥이 빠져서 물었다.

"네. 그게 다입니다."

아주 당연하다는 듯 대답한다.

주전자를 들고 커피잔에 천천히 따른다. 조금 탁하면서 걸쭉하고 묵직한 커피다. 한 모금 마셔보니 깊은 감칠맛 안에 쓴맛뿐 아니라 복잡한 맛들이 느껴진다. 갑자기 눈앞이 환해져서 퍼뜩 얼굴을 드니 어느새 테이블에 촛불이 은은하게 비치고 있다. 초 홀더로는 지난번처럼 빈 잼 병을 활용했다.

"이 커피 맛있네요. 한 번도 경험한 적 없는 독특한 맛이나요."

가에는 주전자의 커피를 커피잔에 더 따른다.

"주전자 바닥에 커피 가루가 쌓여 있는데 그게 깔끔하지 않은 군맛을 내니까 끝까지 따르지 않으시는 게……."

때는 이미 늦었다. 가에의 커피잔에는 남은 커피가 전부 부어지고 만 상태다.

"죄송합니다. 제가 설명을 늦게 드려서."

소로리는 순간 어깨를 움츠리나 싶더니

"근데, 그것도 나름대로 맛있어요."

그렇게 말한 다음 등을 돌린 채 싱크대에서 그릇을 씻기 시작했다.

확실히 혓바닥에 까끌까끌한 감촉이 느껴진다. 하지만 묵직하게 다가오는 강렬함은 경험한 적 없는 풍미다. 커피 원두 전체를 남김없이 입 안에 넣은 듯 야생적인 매력을 느낀다.

'주전자 커피라고 했던가.'

바로 검색해보려고 가방 안에서 스마트폰을 꺼내려다 손을 멈췄다. 딱히 지금 그걸 알아볼 필요는 없다. 어차피 여기선 신호도 터지지 않는다.

"깔끔하지 않은 군맛……."

입에서 그런 말이 흘러나왔다.

가에는 자기 자신에게 묻는다. 무엇을 위해 SNS를 보냐고. 정보를 얻기 위해? 그렇다면 필요한 것만 찾아보면 된다. 그런데 하루에 두세 시간은 기본이고 문득 정신을 차려보면 다섯 시간 이상 멍하니 스마트폰만 보고 있을 때도 있다. 깨어 있는 시간 대부분을 그런 일에 허비하고 있다. 무엇을 위해? sayo의 생활을 엿보기 위해? 만난 적도 없고 얼굴도 모르는 타인의 생활을 알아서 뭘 어쩌려고? 대체 #정성을다하는생활이라는 게 뭘까……. 주전자 밑에 쌓인 끈적끈적한 커피 원두에 자극을 받은 것인지 꼬리에 꼬리를 물고 자기 자신에 대한 의문을 떠올려본다.

#정성을다하는생활 주인공들은, 아직 가족들이 일어나지 않은 이른 아침이나 하루의 끝에 자기 자신만을 위해 정성 들여 커피를 내리는 시간이 매우 소중하다고 하나같이 말한다. 인스턴트커피를 타는 일조차 귀찮다고 느끼는

가에는 역시 구제 불능인가. 그런 생각이 들어 침울해한 적도 있지만 그게 정말 한심한 일인 걸까? 주물 프라이팬에 만두를 잘 굽지 못하는 게 과연 창피한 일인가?

"저는요, 사람들이 소리 높여 주장하는 멋진 삶에 압도당할 것 같았어요. 꼭 저렇게 살아야 한다며 저 자신을 채찍질하느라 바빴거든요."

SNS에 속박돼 있던 나날에 대해 가에가 고백한다.

"제가 생각하기에는요."

조용히 듣고 있던 소로리가 천천히 입을 열었다.

"자기 자신을 포장하거나 잘났다고 뽐내는 일에는 에너지가 필요해요. 그러니까 SNS에서 그런 에너지를 직접적으로 계속 받아들이는 건 아주 피곤한 일이 아닐까 싶어요. 지나가다 잠깐 쳐다보는 정도가 딱 적당하죠. 다람쥐처럼 말이에요."

웅얼거리는 듯한 낮고 조용한 목소리가 가에를 안심시킨다.

"다람쥐요?"

"네. 다람쥐는 겨울에는 구멍 속에 들어가서 웅크린 채 지내요. 가을에 양식을 모아놓은 다음 겨우내 동그란 털북숭이로 지내는 거죠. 그렇게 겨울이 다 지나갈 때까지 가만히 있는 거예요."

양 볼 가득 나무 열매를 물고 보금자리로 옮기는 귀여운 다람쥐의 모습을 상상하다 보니 마음까지 따뜻해졌다.

"지나갈 때까지 가만히 있는다……."

일상을 쾌적하게 바꾸고 싶었을 뿐인데 돌이켜보니 반드시 해야 한다는 굴레 속에 갇히고 말았다. 침묵에 잠긴 가에를 지켜보던 소로리가 주방의 서랍을 스르륵 열었다. 뭔가를 찾고 있는 듯 보인다. 잠시 후 몽당연필 한 자루를 가에에게 내밀었다.

"이거요."

건네주는 걸 그냥 손으로 받았다.

"심을 지닌다, 라는 뜻입니다."

주인은 한없이 자신감 넘치는 말투로 말한다.

"네?"

가에가 주저하고 있으니,

"손님께 필요한 건 이거예요. 자기만의 심이 있어야 해요."

"아, 말장난이군요?"

웃음이 터지고 말았다. 하지만 소로리는 더없이 진지하다. 다시 뭔가 열심히 뒤적이더니 이번엔 오래 써서 낡아진 연필깎이를 내밀었다. 가로 세로 3센티쯤 되는 플라스

틱 몸체에 쇠붙이가 달린 옛날식 수동 연필깎이다.

"심을 깎아요. 말끔하게 깎아내는 겁니다."

이 설명이라면 어떤가, 라고 말하고 싶은 표정이다.

"타인의 기준에 휘둘리느라 자기 자신을 잃어버린다면 너무 안타까운 일이죠. 자기가 좋다고 생각하면 그만이에요. 다만 그렇게 하기 위해서는 자기만의 날카로운 심을 갖는 것이 중요해요."

"심이요……."

양손에 쥔 연필과 연필깎이에 눈을 떨구고 있는데 소로리가 주방에서 나온다.

"괜찮으시면 그거 가지고 가세요."

싱긋 웃으며 제안했다. 하지만 연필은 집에도 많이 있다. 완곡하게 거절한다.

"그렇군요."

아쉽다는 듯 어깨를 떨군 소로리가 불쑥 고개를 들었다.

"그나저나 미국인들은 연한 커피를 좋아한다고 생각하시나요?"

갑자기 이상한 질문이 날아들었다.

"글쎄요."

고개를 갸웃했다. 틀림없이 인터넷에 답이 있을 것이다.

하지만 지금 중요한 건 그게 아니다. 가에는 날카롭게 깎은 연필심을 상상하면서 오른손을 꽉 쥐었다. 마음속에 심을 지녀야 하는구나. 그렇구나.

"잘 마셨습니다."

계산을 하기 위해 가방에 손을 넣고 더듬는데 뭔가 딱딱한 게 만져진다. 지난번에 편집부의 사카시타가 선물해준 과자가 그대로 들어 있었다. 유통기한이 넉넉히 남아 있다고 생각하고 가방에 넣어둔 채 완전히 잊어버리고 있었다.

"아 저기, 괜찮으시면 이거……. 혼자선 다 못 먹을 거 같아서요."

포장지를 풀고 그 안에 다시 포장된 상자를 하나 건넨다.

그때 문득 생각했다. 사카시타는 자신의 근황을 이야기하면서 자학하듯 웃었지만 그건 어딘가 인간관계에 서툰 가에를 배려한 행동이었을지 모른다. 그런 마음 씀씀이야말로 정성을 다하는 게 아닐까. 매번 배달 음식으로 끼니를 때우고 있다며 어깨를 움츠렸지만 그렇다고 그녀가 구제 불능 인간인 것은 전혀 아니다. 가치 기준은 그런 게 아니다. 생활에 본보기가 되는 사람은 가에의 가까운 곳에 많이 있었다.

깔끔하지 않은 군맛이라도 맛이 좋을 수 있다. 자신이

맛있다고 느끼면 그걸로 충분하다. 다른 사람을 따라 하는 게 아니라 자기만의 가치 기준을 갖는다. 자신이 기분 좋게 느낀다면 그게 바로 이상적인 생활이다. 고개를 드니 주방 안쪽 기둥에 걸려 있는 작은 액자 속 그림이 눈에 들어온다.

"저거, 도도 맞죠?"

파란색 배경에 옅은 핑크와 그린이 섞인 수채화인데 가게 이름이기도 한 도도를 그린 것이다. 날지 못하는 새가 이쪽을 바라보는데 동글동글한 눈동자가 무척 귀엽다.

"네."

소로리가 안경을 치켜올리며 그림을 힐끗 본 뒤 끄덕인다.

"도도는 《이상한 나라의 앨리스》에 나오는 새잖아요."

이상한 나라에서 길을 잃고 헤매던 앨리스는 테이블 위에 놓여 있던 병 속의 내용물을 마시고 몸이 한없이 작아진다. 작아진 앨리스는 자기가 흘린 눈물의 바다에 빠진 채 떠내려가다 도착한 해안가에서 도도를 만나게 된다. 유명한 존 테니얼의 초판본 삽화를 보면 집오리와 비슷하게 생긴 부리 끝은 갈고랑이 형태로 굽어 있고 땅딸막한 체형은 타조를 닮았다. 기둥에 걸려 있는 액자 속의 도도 역시 둥근 몸매에 짧은 다리로 서 있다.

"멸종하고 말았지만요."

소로리가 쓴웃음을 짓는다. 발견된 지 고작 100년 만에 그만 멸종했다고 한다.

가에는 어린 시절 《이상한 나라의 앨리스》에 빠져서 언젠가는 원서로 읽고 싶다는 바람을 가진 것이 영문학을 공부하고 번역 일을 시작하는 계기가 되었다. 지금 하고 있는 일의 원점이다. 잊고 있던 어린 날의 기억이 가에를 순수하게 되돌려놓았다.

"그래서인가, 이 카페에 있으면 어쩐지 동화 속에 들어와 있는 것 같아요."

카페 밖은 고요함에 둘러싸여 있었다. 푸른빛이 감도는 하늘을 가만히 바라보고 있으니 희미하게 별들이 반짝이는 게 보였다.

'필요했던 건 특별한 무엇이 아니라 이런 소소한 시간이었을지도 몰라.'

가에는 한동안 숲속에 몸을 기대고 있었다.

멀어져가는 손님을 배웅한 후 소로리는 서둘러 주방으

로 돌아와 레인지의 불을 켰습니다.

아까 테이블 위에 쏟은 원두가 작은 접시에 치워진 채 옆에 놓여 있습니다. 끓는 물에 쏟아붓고 방금 손님에게 받은 포장지에 눈길을 줍니다.

"와, 흑설탕 양갱이다."

만면에 웃음을 가득 머금은 채 봉투를 열었습니다. 주전자 안에선 커피가 딱 알맞게 우러났을 즈음입니다.

오늘도 조용히 밤이 깊어가고 있습니다.

* 2장 *

마음에
비 내리는 날의

샌드위치

아침부터 계속 비가 내리고 있습니다. 정확히는 아침부터가 아닙니다. 어제도 그제도 비가 내렸습니다. 더 정확히 말하자면 최근 일주일간 맑게 갠 순간을 본 적이 없습니다. 일기예보를 전하는 뉴스를 보면 오늘 이후로도 쭉 활짝 펼쳐진 우산 표시가 이어집니다. 어쩔 수 없습니다. 그런 계절이니까요.

작고 낡은 집을 수리한 카페 도도의 실내는 어떨까요. 날씨도 이러하니 당연히 어두컴컴하지만 군데군데 켜진 촛불의 불빛이 흔들흔들 움직입니다. 주방 카운터에는 안 보이던 유리병들이 나란히 서 있습니다. 알루미늄 걸개로

밀폐할 수 있는 저장 용기입니다. 언뜻 보기에 대여섯 개는 되는 듯합니다. 카페 주인 소로리는 아까부터 유리병을 손에 들고 싱크대와 가스 불 사이를 몇 번이고 오갑니다. 무엇을 하고 있는 걸까요. 조금 가까이 다가가 볼까요. 물이 든 큰 냄비에 유리병을 넣고 부글부글 끓이고 있는 듯합니다. 열탕소독을 하나 봅니다.

"끓는 물에 잠깐 담갔다가 불을 끈다. 그다음 냄비에서 병을 꺼낸다. 화상을 입지 않도록 조심조심……"

여기서 조바심을 내면 대참사가 벌어질 수 있습니다. 소로리는 집게를 이용해 신중하게 병을 건져 올립니다. 그대로 천천히 주방 테이블 위에서 대기하던 행주로 덮었습니다. 갓 목욕을 마친 탈의실처럼 수증기가 뭉게뭉게 올라옵니다.

"한 개, 두 개, 세 개……"

손가락을 하나씩 구부리며 소로리는 물방울이 맺힌 병을 세어봅니다.

"하나만 더 할까."

마른 병을 아직 열기가 남아 있는 냄비에 담갔습니다.

카페 도도는 사람들이 많이 오가는 혼잡한 거리 한구석에 있습니다. 그런데도 한적한 교외에 있는 것처럼 개방감

이 느껴지는 이유는 대로변에서 안쪽으로 골목 하나 들어
온 공간이기 때문만은 아닙니다. 가게를 에워싸듯 나무들
이 무성하게 자라난 모습이 마치 이곳만 작은 숲인 것 같
은 느낌입니다. 날씨가 좋은 날엔 새들의 지저귐이나 사각
사각 나뭇잎 스치는 소리가 기분 좋게 울려 퍼지곤 합니다.

하지만 지금은 끝없이 내리는 빗소리만 가득합니다. 부
슬부슬 내리나 싶다가도 때때로 쏴아 쏴아 물을 쏟아붓듯
격렬해지기도 하지만 대체로는 가는 실 같은 비가 계속 내
렸습니다. 창밖은 마치 불투명 유리창을 통해 보는 것처럼
모든 것이 부옇게 번져 있습니다.

"고요하다."

소로리는 가게 전체가 하얀 실에 감싸인 채 현실과 격리
된 듯한 감각에 휩싸였습니다. 그렇게 생각하게 될 정도로
쉬지 않고 비가 내리고 또 내립니다.

빗소리는 끝없이 들리는데도 고요하다고 느끼는 이유
는 빗소리가 다른 소리를 흡수하기 때문입니다. 나무와 풀
이 흔들리는 소리도, 동물과 곤충이 우는 소리도, 사람과
차들이 움직이는 소리조차도. 소로리는 열탕소독 후 엎어
놓은 병에서 물방울이 조금씩 사라져가는 것을 확인하고
재료 준비에 들어갔습니다.

시게타 료의 아침은 일찍 시작된다.

아무래도 밖이 아직 깜깜할 때 일어나는 듯하다. 다카라세라가 일곱 시에 세팅한 알람 소리에 눈을 뜨고 거실에 나갈 무렵엔 PC 앞에서 화려한 제스처를 취하면서 상대에게 맞장구를 치고 있다. 헤드폰을 꼈기 때문에 어떤 대화인지 알 수 없다. 무엇보다 회의는 영어로 진행되기 때문에 음성이 들린다고 해서 정확히 이해할 수 있는 것도 아니지만 활발한 의견 교환이 이뤄지고 있다는 것은 언뜻 보기만 해도 알 수 있다. 거의 매일 아침 진행되는 온라인 회의는 본사가 있는 현지의 시간에 맞춰진 거라고 하는데 그렇다면 지금까지는 어떻게 했을까. 세라는 이상하다는 생각이 든다.

잠옷 차림이 화면에 비치지 않도록 몸을 수그린 채 료의 등 뒤를 지나 베란다로 나온다. 그런 세라에게 료가 가볍게 눈길을 던지며 미소를 지었다.

료와 알게 된 건 대학 강의실에서였다. 세라가 학부 3학년 때 대학원생이었던 료가 같은 수업에 청강하러 들어왔다. 맨 처음 수업에서 우연히 옆자리에 앉은 게 계기였다. 패딩에 청바지를 입은 지극히 평범한 옷차림인데 발은 맨발에 나막신. 그 모습을 보고 '특이한 사람이다'라고 느낀 것이 첫인상이다. 하지만 학점이 주목적인 학부생과 달리 전문 분야 연구를 심화시키기 위해서라곤 하나 평가도 안 하는데 매번 지각도 안 하고 출석해서 과제를 제출하고 팀플에도 적극 참여하는 모습이 인상적이었다. 토론에선 세라가 생각지도 못한 독특한 의견이 빵빵 터져 나와서 듣기만 해도 즐거웠고 그러다가 차츰 신경 쓰이는 존재가 되었다.

자리가 미리 정해져 있는 수업이 아니었기 때문에 어디에 앉든 상관없었지만 이상하게도 맨 처음 앉은 자리가 자기 지정석이 됐다. 매번 자리를 바꾸는 학생은 극소수였다. 세라의 옆자리엔 언제나 료가 있었다. 그리고 어느새 강의실 밖에서도 항상 옆자리에 있게 되었다.

한발 앞서 사회에 나간 료는 미국에 본사가 있는 통신회사의 일본 지사에, 그리고 1년 늦게 졸업한 세라는 학습교재 판매와 보습학원을 운영하는 교육 기업에 입사했다. 영업직을 거쳐 재작년부터 현장에 배치되었다.

세라는 원래 유아교육에 관심이 많았다. 취학 전 아동을 대상으로 하는 학원의 운영 업무를 맡게 되었을 때는 목표가 이루어졌다는 기쁨에 만족감도 컸다. 하지만 본격적인 일은 이제 갓 시작된 것일 뿐이다. 제대로 해낼 수 있는 일도 조금씩 늘어났다고는 하나 여전히 생각대로 안 풀리는 날이 더 많다.

잠옷에서 정장으로 갈아입고 내추럴하게 메이크업을 마치면 자연스럽게 업무 모드로 스위치가 전환된다. 세라 쪽으로 얼굴을 향하고 있는 료에게 소리 내지 않고 '갖다 올게'라며 손을 흔들자, PC를 올려놓은 테이블 밑으로 뻗은 료의 손이 좌우로 까딱까딱 움직였다.

화면 속 상대는 방금 전과 다른 사람이다. 두 번째 회의가 시작되었나보다.

함께 살기 시작한 것은 세라가 사회인이 된 1년 차 때였고 어느새 5년이 됐다. 당시 스물다섯 살이던 세 살 위의 료도 벌써 서른이다. 세라네 회사가 독자적으로 실시하고 있는 최근 의식조사에 따르면 2년 사귀고 동거하다 2년쯤 지나 결혼하는 게 대체적인 흐름인 모양이지만 료와 세라는 아직 혼인신고를 하지 않았다. 선택적 부부 별성 제도, 그것이 현실화될 때까지 혼인신고를 보류하는 쪽으로 둘이서 정했다. 선거 때마다 쟁점화되고 그때마다 기대를 해보지만 좀처럼 실현될 기미가 보이지 않는다.

"부부 동성이 법률로 의무화되어 있는 것은 전 세계에서 일본뿐이야."

그렇게 알려준 료도,

"부부가 서로 다른 성을 쓰는 게 그렇게 나쁜 일인가?"

그러면서 고개를 갸웃거린다.

가족제도(호주인 가장이 가족 구성원에 대해 절대적 권리를 가지는 일본의 제도-옮긴이)라는 것이 윗세대는 어떨지 몰라도 세라 또래에겐 아무래도 이해하기 어렵다.

신경이 쓰이는 건 성을 쓰는 문제만이 아니다. 해외로 눈을 돌리면 각료의 절반 이상이 여성인 나라도 많고 총리를 비롯해 연립정당의 당수 전원이 여성인 경우도 흔한 세상이다. 그러나 현재 일본 내각은 평균연령이 다소 젊어졌다곤 하나, 20명의 각료 중 여성은 단 두 명. 비율로 치면 10퍼센트다. 여성 리더가 늘어나긴커녕 젠더 격차를 줄여나가는 일은 요원한 게 현실이다.

'성별과 관계없이 모두 평등하게 지낼 수 있는 세상.'

그런 세상으로 나아가는 비교적 쉬운 한 걸음이 부부 별성 제도라고 세라는 생각한다. 각자의 원래 성을 유지한다는 선을 지키는 것이 자신들의 의사를 표면화할 수 있는 최소한의 형태라고 두 사람은 결론 내렸다.

앞으로의 시대를 이끌어간다면 낡은 제도에 연연해선 안 된다. 구태의연한 생각으로부터 탈주해야 한다. 각자가 자립하여 평등하게 존재하며 그 바탕 위에 서로가 서로를 지지해주는 관계를 유지하고 싶다. 동거를 시작하기 전에 각자의 부모님께 그런 취지를 전화로 말씀드렸다. 두 사람의 생각에 반대의 목소리를 내지 않은 가족들에게 고마웠다.

소로리는 냉장고 문을 열고 불 켜진 냉장고 안으로 머리를 쑥 집어넣은 채 재료를 고르고 있습니다.

"오이하고 양파, 허브는 반드시 필요하지."

그렇게 중얼거리며 잔디처럼 생긴 연녹색 잎 다발을 손에 들고 미소를 짓습니다.

"마치 주변을 정화하는 것처럼 싱싱하구나……."

신선도가 무척 만족스러운 표정입니다.

"양배추, 토마토, 산초나무 열매. 채소는 일단 이 정도면 됐고 이제 생선을 꺼내야겠다."

청어는 생선가게에서 횟감용으로 썰어달라고 해서 사다 놓았습니다.

"그리고."

소로리는 기분 좋게 풀어진 얼굴로 딸기 팩을 꺼냈습니다. 생각이 정리된 듯합니다. 의기양양하게 주방에 서서 하얀 셔츠의 소매를 걷어붙였습니다. 행주 위에 올려놓은 병들은 물방울 맺힌 부분이 사라지고 촛불에 비쳐 반짝반짝 빛나고 있습니다.

☕

최근 계속되는 비 때문에 지구 전체가 물속에 잠겨버린 느낌이다. 우산의 물기를 떨구면서 습기로 흐릿해진 자동문 안으로 들어서니 접수 카운터에 앉아 있던 사나다가 반갑게 맞아준다.

"다카라 선생님, 안녕하세요."

"수고 많으십니다. 사나다 선생님."

오전 근무인 사나다는 아침 다섯 시에는 출근을 했을 것이다. 그런데도 아홉 시에 정시 출근한 세라에게 상큼한 미소를 보여준다. 학원 안에서는 강사뿐 아니라 스태프들도 모두 선생님이라 부른다. 강사가 아닌 사무 일을 하는 세라도 '다카라 선생님'이라 불리는 것에 완전히 익숙해졌다.

"누가 와 있는 모양이네요?"

스태프의 개인 물건은 사무실 안에 보관하게 되어 있다. 입구 근처의 고객용 우산꽂이에 투명한 비닐우산과 선명한 핑크색 문양이 들어간 아동용 우산이 나란히 서 있다.

세라가 소속돼 있는 목마 키즈 아카데미는 사립초등학교 입시를 앞둔 유아 대상의 보습학원이다. 유명한 사립학교 입학을 원하는 4세 이상을 대상으로 하는 브릴리언트 클래스가 메인이지만, 그 전 단계로 마련된 프린세스 클래스에는 아직 말도 잘 못 하는 2세 아동부터 맡길 수 있다.

자녀 교육에 아주 열성적인 부모들이 주로 올 것 같지만 반드시 그렇다고 할 수도 없다. 일단 해보고 잘할 것 같으면 시험이나 한번 보게 하자는 생각으로 문을 두드리는 경우도 있고 어린이집 같은 느낌으로 이용하는 부모도 많다. 그런 수요까지 염두에 두고 일정 기준에 맞춰 인원과 설비를 마련하고 보습학원뿐 아니라 보육기관 등록도 해놓았다. 아침 여섯 시부터 밤 열 시까지 맡길 수 있다는 점을 선호하는 듯, 월 이용료는 다소 비싸지만 나름의 수요가 있다.

화요일인 오늘, 학원 수업은 저녁 시간대뿐이다. 이 시간에 와 있다는 건 프린세스 클래스의 아동일 것이다.

"네. 사이토 비코 원생이 여덟 시부터 나와 있어요."

"비코가요?"

"오늘은 어머님도 함께요."

이 주변은 이른바 고급 주택가로 알려진 동네다. 사이토 모녀는 그중에서도 특히 부유층이 많다고 알려진 5번가에 살고 있다. 무남독녀인 비코는 막 세 살이 되었다. 엄마는 전업주부이지만 조금이라도 사교성을 키워주고 싶다는 바람에서 반년쯤 전부터 비코를 이곳에 보내고 있다. 대체로 오후에 두세 시간 정도 이용할 때가 많고 아침부터 오는 경우는 드물다. 교실 안을 들여다보니 보육교사인 다카베와 사이토 그리고 비코가 함께 그림책을 고르고 있었다.

"아, 다카라 선생님이다."

비코가 달려와 준다.

"안녕, 비코. 오늘은 일찍 나왔네."

머리를 쓰다듬거나 손을 잡아주고 싶지만 요즘 같은 분위기에선 꺼리는 부모도 많다. 직접적인 접촉은 가능한 한

피하는 쪽으로 스태프들끼리 의견을 모았다.

"오늘은 아빠가 재택근무라서 일하시는 데 방해될까 싶어 일찍 데리고 나왔어요. 저도 함께 있어도 될까요?"

"물론이죠."

4세 이상인 브릴리언트 클래스에서도 부모가 수업 중에 계속 대기하는 경우는 많다. 가장 연차가 높은 클래스는 교실 안까지 부모가 들어갈 수 없으므로 교실 밖 복도에서 참관하게 되는데 근무하는 입장에서는 감시당하는 기분이 들어 약간 꺼려지는 게 솔직한 심정이다.

"비코도 엄마랑 계속 같이 있을 수 있어서 좋지?"

"응."

고개를 크게 끄덕이는가 싶더니 세라에게서 빙그르르 등을 돌리고 쏜살같이 엄마한테 달려간다.

"엄마, 좋아."

그렇게 말하면서 비코는 양팔을 벌리고 있는 엄마의 품 속으로 뛰어들었다.

"그렇지? 엄마는 정말 따뜻한 분이니까."

세라의 말에 비코가 기쁜 듯 대답한다.

"응. 그리고 예뻐서 좋아요."

아이들은 이렇게 어릴 때부터 아름다움에 대한 동경이

강하다. 사이토는 하얀 뺨을 살짝 붉히고 "고마워"라며 겸연쩍은 듯 웃었다. 천사 같다는 게 이런 사람을 가리키는 표현일 것이다. 세라가 담요에 싸인 듯한 온기를 느끼며 창가 커튼을 정돈하고 있는데 사이토의 부드러운 목소리가 들려왔다. 비코에게 그림책을 읽어주는 것이다.

'옛날 생각나네.'

돌아보니 사이토가 펼쳐놓은, 가로로 긴 그림책에 비코가 몸을 바짝 붙인 채 집중하고 있다. 표지에는 녹색 열차가 커다랗게 그려져 있다. 소야 기요시의 그림책《우산 들고 마중을》이다.

비 오는 날 여자아이가 아빠가 일하는 회사에 우산을 가져다주기까지의 소소한 모험 이야기다. 가는 동안 동물들만 타고 있는 이상한 차량의 동물 승객에게 도움을 받으면서 목적지로 향한다. 혼자서 두근거리며 외출하는 긴장감과 미지의 세계에 발을 내딛는 용기, 성공했을 때의 안도감이 담겨 있는 그림책으로, 어릴 적 세라도 종종 엄마에게 읽어달라고 졸랐던 기억이 있다.

보육교사인 다카베도 조금 떨어진 곳에서 사이토 모녀를 지켜보며 책장 정리를 하고 있다. 세라는 조용히 사무실로 돌아가려던 찰나, 어라? 하면서 걸음을 멈추었다.

확실히 이 대목에서 노래 가사가 나온다고 기억하고 있던 부분이다. 옛날에 엄마가 읽어주었을 때는 한 구절에 음정을 붙여서 노래로 불러주었다. 그게 정확히 머릿속에 들어 있었기 때문에 낯선 기분이 들었다. 지금 사이토는 단어별로 끊어가며 시처럼 읽고 있다. 그림책 속의 문장은 글로만 적혀 있다. 악보도 리듬도 없다. 느낌이 다른 건 당연하다.

'같을 수가 없지.'

금세 알아차리고 교실에서 나왔다.

거래처와 온라인으로 새로운 교재에 대한 논의를 마치고, 이제 본격적으로 준비를 시작해야 하는 여름학기 커리큘럼을 정리하는 사이 벌써 점심시간이다. 노크 소리에 돌아보니 다카베가 서 있었다.

"사이토 씨 가신답니다."

접수 카운터 앞에서 사이토는 비코의 허리에 비막이용 스커트를 둘러주며

"아빠 점심 드실 시간이라서 오늘은 이만 비코 데리고 돌아가려고요."

그렇게 세라를 보며 말했다.

각 가정에서 그날의 일정에 따라 이용 시간을 자유롭게

조율할 수 있다는 점도 회사가 장점으로 홍보하는 부분 중 하나다. 다른 학원이나 보육기관과의 차별화를 꾀하며 조금이라도 회원 수를 늘리는 것이 세라 같은 직원들에게 요구되는 미션이기도 하다.

"예쁜 레인 스커트네. 아, 우산이랑 한 세트구나?"

그렇게 물어보니 비코가 뿌듯한 표정으로 이쪽을 본다. 짙은 파랑과 녹색이 섞인 팝적인 느낌의 기하학 모양이 스커트 전체에 디자인되어 있다.

"이거, 무쓰코 이소가이라는 일본 텍스타일 디자이너의 제품이에요. 올해 나온 신상인데 이거 사느라 경쟁이 아주 치열했답니다."

사이토가 알려준다.

"기분까지 밝아지는 것 같아요. 이렇게 비 오는 날에도요."

문밖에는 변함없이 잔뜩 찌푸린 하늘이 보이고 비는 전혀 그칠 기미가 없다.

"이 스커트 입고 싶어서 비 오는 날 밖에 나가는 거 좋아하잖아. 그렇지?"

그렇게 말하면서 비코에게 미소를 건넨다.

"그렇구나. 좋겠네."

세라가 웃음 지어 보이자 사이토가 문득 화제를 바꿨다.

"다카라 선생님 댁 아빠는 매일 출근하시나요?"

"아빠요?"

친정아버지 얘기인가 싶어 잠시 갸우뚱했다.

"죄송해요. 남편분이요."

"아, 남편이요. 저희 집도 재택근무예요. 아침부터 화상 회의를 하고 있더라고요. 정장 차림으로 책상다리를 하고 앉아서요."

웃고 있는 세라에게 사이토가 걱정스러운 듯 묻는다.

"점심 식사 준비는 해드리고 나오시나요?"

"아유, 아니죠. 본인이 대충 차려 먹어요."

료는 집안일도 잘한다. 함께 살게 된 이후로도 집안일은 잘할 수 있는 사람이 한다, 라는 생각은 변함이 없다.

"남편분께서 다카라 선생님의 식사까지 준비해주시기도 하겠군요. 좋겠어요. 저도 그런 사람하고 결혼하고 싶어요."

연애 중인 접수 카운터의 사나다가 부러운 듯 말한다.

"가끔이요. 간단한 것만. 카레라든가."

손이 많이 가는 요리를 하는 건 아니지만 손놀림이 능숙한 면에서는 세라보다 낫지 않을까 생각한다.

"우리 집 아빠는 전자레인지로 데우는 것도 안 해요."

그렇게 난처한 얼굴로 이야기를 하던 사이토가

"엄마, 빨리."

재촉하는 비코의 손에 이끌려

"그럼 실례합니다. 감사합니다."

하며 자동문을 나섰다. 선명한 색상의 물방울 무늬가 깡충깡충 뛰는 비코의 몸짓 따라 가볍게 춤을 추었다.

뒷모습을 눈으로 배웅하며 세라는 마음속의 위화감을 언제나처럼 닦아내지 못한 채 서 있다. 아빠, 오빠, 바깥양반…… 나와 대등한 상대인 함께하는 또 한 사람을 부르는 호칭이다. 너무 의식하는 것인지도 모른다. 이런 단어를 쓰는 사람들은 그다지 깊은 의미를 부여하지 않을 것이다. 단지 부르기 쉬워서, 그래서 쓰는 것일 수도 있다. 그러나 불리는 호칭에 따라 역할이 정해지는 건 아닐까. 바깥양반이 바깥에서 돈을 벌면 집사람은 집안 살림을 해야 하는 건 아닌가? 남편이 아닌 아빠라 부르면 가족의 중심은 아이가 되는 게 아닌가? 하고 생각해본다. 혼인신고는 하지 않았지만 세라의 마음속에서 료는 남편이고 세라는 아내다. 그 이상도 그 이하도 아니다. 불필요한 역할을 맡을 필요는 없다.

역에 도착하니 개찰구가 혼잡했다. 언제나 출퇴근 때 이용하는 열차가 전기 관련 고장으로 운행 시간이 틀어진 듯하다. 스마트폰의 환승 안내 앱으로 검색을 하면서 익숙하지 않은 노선으로 갈아탔다.

"이 역에서 조금만 걸어가면 그다음 직행 지하철로 갈아탈 수 있나 보다."

사람들의 훈김으로 가득한 열차에서 중간에 내렸다.

"비가 내려~ 마구 내려~ 우산 들고 마중 가자~"

비닐우산에 빗방울이 부딪쳐 흘러내린다. 입속으로 웅얼대는 노래 리듬에 맞춰 우산을 빙그르르 돌리니 작은 물보라가 일었다.

동화책을 읽어주던 엄마의 목소리가 떠오른다. 아버지가 돌아가신 것은 세라가 초등학교 5학년 때였다. 싱글맘이 된 엄마는 세라를 홀로 키우고 대학까지 보냈다. 재혼 이야기는 종종 있었던 듯하다. 엄마가 쭉 혼자 지낸 것은 아빠를 사랑했기 때문일 수도 있지만 "다카라 세라입니다"라고 그토록 자랑스럽게 자기 이름을 얘기하던 세라의 마음을 지켜주고 싶어서였다고, 세라는 생각한다. 세라에게 다카라라는 성은 돌아가신 아빠와의 연결고리이기도 했기 때문이다.

"흠뻑 젖은 아이야~ 울어라 울어~"

노랫소리가 완전히 묻힐 정도로 비가 우산을 세차게 때린다. 갑자기 빗줄기가 더 굵어진 듯하다.

'이럴 줄 알았으면 장화 신고 나올걸.'

아이보리색 펌프스는 방수가공이 되어 있어서 비 올 때 주로 신는 신발이지만 발등과 옆으로 스며든 비로 인해 스타킹이 흠뻑 젖었다. 어깨에 걸친 숄더백에도 물방울이 잔뜩 묻어 있다. 가방 안에는 집에서 읽어보려고 들고 온 자료가 들어 있다. 젖으면 안 된다. 세라는 샛길로 빠져나가 나무 아래로 들어갔다. 어느 정도 비를 피할 수 있었다.

'잠깐 기다리다 보면 빗줄기가 약해질까?'

그렇게 생각하며 하늘을 올려다보던 눈을 떨구니 두세 걸음 앞에 작은 간판이 홀로 서 있다. 비를 막기 위해 씌워놓은 비닐 커버 안으로 지렁이가 기어가는 듯한 글씨가 구불구불 적혀 있다.

'1인 전용 카페 도도'

세라는 간판에 가까이 다가간다. 가게 이름 밑에는 손으로 쓴 메모를 압정으로 고정해놓았다.

'비 내리는 날의 샌드위치, 있습니다.'

어차피 지금 돌아가봤자 료는 일을 하고 있다. 잠시 비라도 피했다 가자. 가게는 옆 골목으로 들어간 곳에 있는 듯하다. 나무는 골목 끝까지 계속 이어진다. 세라는 나무들이 만들어낸 천연 우산 밑을 종종걸음으로 걸으며 서둘러 가게로 향했다.

골목을 벗어나 카페로 들어서니 생각보다 넓은 공간이 나타났다. 잔디가 깔린 마당에는 아웃도어용 테이블과 의자가 비에 젖고 있었다. 날씨가 좋으면 야외 자리가 될 것이다. 도심에 있는데도 산속 오두막 같은 만듦새다.

현관에는 처마가 뻗어 있는 덕분에 비가 들이칠 여지가 없고 발밑 콘크리트는 젖지 않은 채 옅은 회색을 유지하고 있다. 계속 빗속에 있었기 때문에 그것만으로도 세라는 안심이 되었다.

하늘색 페인트로 칠해진 문에 달린 금색 손잡이를 당기자 안쪽에서 벨이 딸랑, 하고 울렸다.

"어서 오세요. 카페 도도에 오신 걸 환영합니다."

곱슬곱슬한 머리칼에 동그란 안경을 쓰고 어깨끈이 달린 검은색 앞치마에 양손을 찔러 넣은 채 키 큰 남자가 이쪽을 돌아보았다. 다른 손님은 없고 일하는 사람도 이 남자 혼자다. 가게 안은 주방이라기보다 부엌이라 부르는 게 어울리는 작은 키친과 카운터뿐이고 카운터에는 다섯 개 정도 의자가 놓여 있다.

'이렇게 좁은 곳이면 혼자서 운영할 수 있겠다. 게다가 손님도 그렇게 많이 올 것 같지 않고.'

세라가 속으로 그런 생각을 하고 있는데 그 소리가 들리진 않았을 테지만

"오늘은 날씨가 이래서 때마침 한가하네요."

가게 주인이 '때마침'을 강조하며 이야기한다. 변명하듯 말하는데 뾰로통한 표정 속에 어딘가 미워할 수 없는 애교가 느껴져 세라는 자연스럽게 웃음이 나왔다.

"바깥의 간판에 적혀 있던 비 내리는 날의 샌드위치에는 어떤 게 들어가나요?"

"잘 못 드시는 식재료나 알레르기가 있으면 말씀해주세요. 그게 아니라면 드시면서 차차 알아가시는 편이 즐거우니까요."

역시. 말인즉슨 셰프 마음대로라는 뜻이구나. 그렇다면 그것도 괜찮다.

"아니요. 뭐든 잘 먹으니까 그거 주세요."

젖은 가방과 재킷 자락을 작은 수건으로 닦으면서 세라

가 대답한다.

"원하시는 자리에 앉으세요."

카운터 앞의 의자는 다리 자체는 길지만 유치원이나 도서관의 아동 코너에 놓여 있음 직한 나무 재질에 출입문과 같은 하늘색이다. 앉아보니 덜거덕거리는 소리가 나서 조금 불안정하지만 촉감은 맨질맨질 부드럽다. 가게 안에는 냄비와 식기가 가지런히 놓여 있고 나무로 된 장난감과 식물들도 있다. 기둥에는 작은 액자 그림이 장식돼 있다. 힘을 빼고 익살맞은 표정을 짓고 있는 새는 아마도 가게 이름인 도도의 모습을 그린 일러스트일 것이다. 안쪽은 어떤 모습일까 궁금해서 세라가 들여다보니 가게와 어울리지 않게 덩치 큰 프로펠러 같은 것이 눈에 들어왔다.

"저건 뭐예요?"

주방에서 작업하던 주인에게 물어보니,

"풍차입니다. 아직 시제품이긴 하지만요."

고개를 들지 않고 그대로 대답했다.

"풍차요?"

"네. 풍력발전을 할 수 없을까 하고요. 하지만 비가 계속 내려서 전혀 시운전을 못하고 있어요."

떼를 쓰는 아이처럼 고개를 흔든다.

"전기가 잘 안 들어오는 건가요?"

무성하게 자란 나무들이 혹시 전기를 쓰는 데 방해가 되는 걸까, 지레 놀란 세라가 물었다.

"아니요. 조금이라도 지구를 위해 좋은 일이 될까 싶어서요."

그렇게 말하며 머리를 살짝 저었다. 곱슬머리가 리드미컬하게 움직였다.

기후 변화에 대처하기 위해 석유 사용을 줄이는 운동이 전 세계적으로 빠른 속도로 확산되고 있다. 최근에는 초등학교에서도 환경 교육이 필요하다고 여겨지는 만큼 세라네 학원에서도 커리큘럼을 고민하는 단계에 와 있다. 마침 관심을 갖고 조사하기 시작한 참이었다.

"풍력발전이란 게 개인도 할 수 있는 건가요?"

"해외의 경우 100퍼센트 자연 에너지로 충당하는 지역도 있는데 그런 곳은 당연하게도 마당에 풍차가 서 있어요. 일본에서도 기둥 높이 15미터 미만에 20킬로와트 미만의 발전 장치라면 따로 신고할 필요도 없다고 해서 시험적으로 도입해본 겁니다."

주인이 작업하던 손을 멈추고 느릿한 말투로 자세히 가

르쳐주었다.

"바람만 분다면 24시간 발전기를 돌릴 수 있겠네요."

세라는 감탄하지만, 가게 주인은 안경을 고쳐 쓰며

"뭐, 지금 수준이면 물도 못 끓일 정도이긴 합니다만. 장난감 같은 거지요. 그래도 일단 시도해보는 게 중요하니까요."

그러면서 쑥스러운 듯 웃었다.

작은 목소리는 상대에게 닿지 않는다. 확실히 그럴지 모른다. 하지만 그렇다고 해서 아무것도 하지 않으면 진전이 없다. 포기하지 말고 자신이 할 수 있는 걸 해나간다면 그 모습이 언젠가 누군가의 눈에 띄거나 무언가를 할 수 있는 힘의 원천이 될지 모른다. 성과가 나지 않더라도 하지 않는 것보다 하는 편이 낫다. 세라는 그렇게 생각한다.

"작은 일이라도 마음을 내는 게 중요하니까요."

세라가 자기 자신에게 말하듯 동의를 하자,

"언젠가는 답을 찾으면 좋을 텐데 말이죠."

주인이 불쑥 중얼거렸다.

풍차의 프로펠러에서 카운터로 눈을 돌리니 반으로 가른 두툼한 샌드위치가 새하얀 접시 위에 놓여 있었다.

"와, 맛있겠다."

세라가 두 손을 모은다.

"비 내리는 날의 샌드위치랍니다. 드세요."

접시를 앞으로 당기고 입을 크게 벌려 베어 물었다. 사치스러울 만큼 두터우면서 바삭하게 구워진 샌드위치 빵에서 희미하게 밀 향이 퍼진다. 안에 들어간 내용물은 참깨 맛 소스로 풍미를 더했다. 여러 가지 채소와 고기가 들어가 있어서 씹을 때마다 각각의 개성이 진하게 다가온다. 거기다 무척 식감이 좋다. 뭐랄까, 자애로움으로 충만한 맛이다.

"이렇게 즐기면서 식사하는 거 오랜만이에요."

입을 닦으며 세라가 웃는다. 그러고 보니 크게 입을 벌리며 밥을 먹는 기회가 그동안 꽤 줄었다.

"그래서 비 내리는 날의 샌드위치랍니다. 맑은 날에는 밖에서, 예를 들면 피크닉 갔을 때 먹곤 하잖아요. 그럴 때는 가볍게 한 손으로 들고 먹을 수 있게 만들어요. 반대로 비 오는 날 집에 있을 때는 그야말로 이렇게 내용물을 잔뜩 넣어서 만들어 먹으면 좋아요."

주인이 막힘없이 도도하게 설명한다.

"재미있는 발상이네요."

세라가 접시에 떨어진 내용물을 집어먹으면서 웃었더

니 당황해서 덧붙였다.

"그뿐이 아니에요. 속 재료를 봐주세요."

"말린 토마토와 닭가슴살, 당근. 그리고 무말랭이인가요? 일본식 식재료를 넣은 게 신기해요. 너무 맛있어요."

"비 오는 날은 태양의 은혜가 간절합니다. 그래서 햇빛을 듬뿍 받은, 말린 채소를 재료로 한 겁니다. 참깨마요로 맛을 더한 것도 이유가 있습니다. 참깨에는 미네랄이 응축돼 있어서 이런 계절에 컨디션을 회복하는 데 최고죠."

"당근도 말린 건가요?"

샌드위치의 잘린 단면을 보면 가늘게 썬 당근이 선명한 색채를 띠고 있다.

"당근은 데친 겁니다. 열을 가하면 카로티노이드라는 항산화 성분이 증가하거든요."

"한동안 햇빛을 보지 못했는데 이걸 먹으니 제대로 태양의 은혜를 입은 기분인데요."

세라가 대답하자 주인이 드디어 만족스러운 듯 고개를 끄덕였다. 열차의 연착 문제가 생긴 덕분에 동화 속으로 빨려 들어온 듯한 기분이다. 마치 《우산 들고 마중을》에서 동물들만 타고 있던 이상한 차에 올라타 버린 것 같다. 그런 생각을 하며 세라는 혼자 미소 지었다.

세라의 생각에 답하듯 카운터 위의 촛불이 흔들렸다.

"냄비 가득 물과 식초를 넣고."

소로리가 커다란 냄비에 벌컥벌컥 소리 나게 식초를 붓고 있습니다. 물 양의 절반쯤 될까요. 사과즙을 원료로 만든 사과식초를 사용하나 봅니다. 사과식초는 신맛이 약한 편이므로 신맛을 즐기지 않는 손님들도 좋아하겠지요. 소금과 설탕을 넣은 다음 끓어오를 때까지 냄비에 열을 가합니다.

"주걱으로 가끔 저어주고."

설탕이 녹으면 절임액 완성입니다.

"여기서 등장."

그렇군요. 드디어 열탕소독을 마치고 대기하고 있던 저장 용기가 등장할 차례입니다. 병에 자른 채소를 넣고 절임액이 식은 것을 확인한 다음 붓습니다.

"아, 허브 넣는 걸 깜빡했네."

맛의 포인트가 빠지면 안 되지요. 꽃꽂이하듯 컵에 꽂아놓은 허브 다발에서 적당히 잎을 뜯어서 병 속에 넣습니다. 병뚜껑을 꽉 닫고 냉장고에. 이제 맛이 들 때까지 기다리면 됩니다.

아침부터 바쁜 하루였다. 세상은 올림픽 뉴스로 떠들썩하지만 세라네 학원에는 그런 분위기와는 별도로 정신없는 시기가 찾아왔다. 여름학기 준비로 가장 바쁠 때다.

월말에는 회계 마감 때문에 수업료 집계와 경비 정산 같은 사무 업무도 많지만 오늘은 그에 더해 원생들의 수도 많았다. 신규 입학 희망자도 몇 명 있었다. 브릴리언트 클래스는 두 개 반이 모두 꽉 찼고 프린센스 클래스도 보육교사 혼자서는 힘들어서 세라와 사나다가 교대로 들어가서 도와야 할 정도였다.

그 남자가 접수 카운터에 나타난 것은 브릴리언트 클래스의 저녁반 학생들을 배웅하고 프린세스 클래스도 반 이상이 귀가한 뒤 간신히 한숨 돌리던 때였다. 말끔한 정장 차림에 두꺼운 넥타이. 머리는 올백으로 세팅하고 날씬한 몸매에 피부 빛이 건강하다. 빈틈없는 모습이 한눈에도 유능해 보이는 풍모다.

"저, 사이토 비코 아빠인데요. 아이 데리러 왔습니다."

발음이 정확하고 당당한 목소리에 세라도 고개를 돌려 돌아보았다.

"비코 아버님 되시는군요. 기다리고 있었습니다."

세라가 교실에 가서 알린다.

"비코야, 아빠 오셨어."

"저희 아이에게 늘 신경 많이 써주셔서 감사합니다."

그 남자가 인사를 한다.

"아니요. 저희야말로 감사합니다. 오늘 마중은 어머님이 안 오시고 아버님께서 오셨네요."

그 말에 세라를 보는 남자의 표정이 굳어졌다.

"뭐 자율신경이 어쩌고저쩌고 그러네요. 난감합니다."

걱정이 되어 그런 건가, 말투가 곱지 않다.

"환절기니까요, 몸도 지치기 쉽죠. 몸조심하시라고 전해 주세요."

세라가 상황을 수습하듯 말을 건넨다.

"엄마니까 제대로 해야죠. 저희 집사람, 여기 와서 여러 가지로 민폐나 안 끼치나 모르겠습니다."

"무슨 말씀이세요. 언제나 예의 바르시고 비코에게 책도 많이 읽어주시는데요."

눈짓으로 접수 카운터의 사나다에게 동의를 구한다.

"네, 훌륭한 어머님이세요……."

그러나 그는 이번엔 비웃는 투로

"책을 읽어줘요? 단어를 틀리게 읽진 않나 모르겠어요. 집사람은 외모나 신경 쓰지, 공부와는 담을 쌓고 살아서 스마트하지 못해요."

그렇게 쓴웃음을 지으며 교실에서 나온 비코의 머리를 쓰다듬었다.

"그래서 딸은 엄마 닮지 말라고 일찍부터 이 학원에 보내는 겁니다. 비코야, 공부 열심히 하자."

간곡히 타이르는 듯 말하곤 비코의 얼굴을 쳐다본다.

"응."

기대한 대로 활기찬 대답을 듣고 만족한 것인지 그는 비코의 손을 잡고 자동문 너머로 사라졌다. 비코의 발걸음이 아주 조금 무거워 보였다.

"아이 앞에서 저런 말을 하는 건 좀……."

입을 삐죽대는 사나다에게 세라도 동의를 한다.

"아이가 엄마를 그렇게 좋아하는데. 저렇게 말하는 걸 비코가 들으면 상처받을 텐데."

"좀 의외였네요. 저런 걸 모라하라라고 하잖아요."

사나다가 기분 상한 듯 말한다.

모라하라는 모럴 해러스먼트의 약어로 갑질, 언어폭력 등의 학대를 총칭하는 말이다. 상대의 인격과 존엄에 상처를 입히는 행위다. 형태가 없기 때문에 정의 내리기 어려운 문제이기도 하다. 본인에게 그런 의도가 없었다고 해도 상대가 무시당했다는 기분이 들면 그것은 폭력이다. 세라는 자신이 무시당한 것처럼 뒷맛이 개운치 않음을 느끼면서 동시에 사이토의 천사 같은 미소를 떠올리고 있었다.

"저런 모습을 보면 결혼에 의문을 품게 돼요."

실망한 듯한 표정을 내비치는 사나다는 연애가 잘 안 풀리는 걸까.

"부부라고 해도 아주 다양한 형태가 있으니까요."

"다카라 선생님은 사실혼이신 거죠? 어딘가 속박되는 건 별로예요. 그렇죠?"

이도 저도 아닌 것처럼 보여도 어쩔 수 없다. 그게 우리 나름의 모습인 것이다.

"선택적 부부 별성이 인정되면 혼인신고를 하려고 생각하고 있어요. 지금은 그런 기미조차 안 보이지만요."

"부부 별성이군요……."

사나다가 맥이 빠진 듯 고개를 숙인다.

"다카라 선생님처럼 강한 의지를 가진 분은 괜찮겠지만 저 같은 사람은 그런 게 제도화되어도 당황스러울 듯해요."

"네? 왜요? 선택할 수 있으니까 어느 쪽이든 상관없잖아요. 남편 성을 따르고 싶으면 그렇게 하면 되고요."

사나다는 세라보다 세 살 아래다. 자기보다 아래 세대라면 더더욱 이런 의견에 찬성할 거라고 생각했는데 조금 의외였다.

"선택의 폭이 있는 만큼 더 고민하게 될 거 같아요. 만약 남편 성을 따르는 쪽을 선택한다면 시대에 뒤처지거나 주어진 상황에 안주하는 바보처럼 보일 것 같아서요."

그렇지 않아요, 라고 말하고 더 말을 이으려다 세라는 입을 다물었다. 아니, 솔직하게 만약 그런 사람을 만나게 되면 독립적이지 못한 사람이라고, 자기도 모르게 무시하게 될지도 모르겠다. 그건 사이토 남편이 하는 행동과 다를 바 없다. 세라는 속으로 깜짝 놀랐다.

기분이 안 좋은 채로 귀가한 탓일까, 아니면 우연이 겹친 걸까.

"다녀왔습니다."

현관문을 열쇠로 열고 들어가는데 료가 PC 앞에서 크게 웃고 있다.

"어, 세라 왔다."

료가 손짓으로 부른다.

"지금 도타랑 연결 중이야. 유리 씨랑 리리하고도 방금 대화 나눴고."

도타는 료와 고등학교 때부터 친구다. 도쿄에서 다니던 회사를 그만두고 올봄에 가족이 함께 야마나시로 이사했다고 들었다. 미팅 앱을 이용해 영상통화를 하는 중이다. 도타도 유리 씨도 밝고 활달한 사람들이지만 오늘은 솔직히 그런 텐션에 맞출 기분이 아니다. 목소리를 내지 않고 얼굴 앞에서 손을 옆으로 저으며 싫다는 사인을 료에게 보냈다.

"세라가 지금 막 일 마치고 돌아와서 피곤한가 봐."

그렇게 배려심 있게 말을 전해준다. 한참 즐거운 대화가 이어지더니 "자, 그럼 다음에 또!"라는 인사와 함께 급격히 정적이 찾아왔다.

온라인 미팅이 끝났을 때 여운 없이 뚝 하고 화면이 닫히면 아직도 묘한 기분이 든다. 현실의 장면에서는 미팅 전 잡담으로 시작해서 미팅이 끝난 다음에도 뭔가 계속 대화가 이어지면서 자연스럽게 회의실을 벗어나는, 그런 감각에 익숙한 탓일 것이다. 물론 쓸데없는 에너지 낭비가 없어서 편하고 좋다고 생각하는 한편, 그저 용건만 주고받는 게 너무 무 자르듯 깔끔해서 어색한 세라는 새로운 라이프스타일을 따라가지 못하는 건 아닐까 불안하기도 하다.

료는 그런 상황에 완벽하게 적응했는지 피곤하다는 듯 기지개를 켜며 앱을 닫고 있다.

"미안해. 학원에서 일이 좀 있었어."

"전혀. 나야말로 피곤할 텐데 미안."

방금 사이토 남편 건도 있었기 때문에 료의 이런 자상한 모습에 구원받는 느낌이다.

"도타 씨 새로운 생활은 어떻대?"

"엄청 즐겁게 지내는 모양이야. 리리도 완전히 건강해졌다고 하고."

리리는 초등학교 4학년이 되었을 무렵부터 학교에 보내지 않는다고 했다. 이번 이사는 리리의 마음 치유를 위해서 결정한 면도 있다고 들었다.

"그랬구나. 잘됐다."

"그렇지. 그보다 이것 좀 봐. 세라 고향이잖아?"

료가 PC 화면을 이쪽으로 돌렸다. 화면에는 '마이카로 재택근무'라고 크게 적혀 있다.

"방금 도타가 알려준 건데 원격근무용 차량을 개발하는 곳이 시범적으로 차를 빌려주는 사업을 하는가 봐."

사용하는 것은 전기자동차인데 전용 주차장을 마련하고 거기서 충전을 한다. 와이파이 설비도 갖춰져 있고 근처 온천이나 숙박시설을 이용하는 것도 가능하다. 최근 유행하는 새로운 업무 스타일 중 하나인 워케이션의 일종이다. 세라의 고향에서 시범적으로 운영을 시작하고 참가자를 모집한다고 한다.

"자동차라면 어디든 갈 수 있고 이사하는 것보다 장벽도 낮잖아. 이 정도로 온라인화가 진행되면 구태여 도쿄에서 지낼 필요도 없겠다는 생각이 들어."

참가 모집 마감은 이달 말로 되어 있다.

"응모할 생각이야?"

"아니. 아무래도 지금 당장은 그렇고. 앞으로 이런 선택지도 있다는 것 정도."

이 집을 나가 자동차에서 생활하며 가끔 돌아온다는 걸까. 애당초 운전면허도 없는 료가 어떻게 차에서 생활한다는 걸까. 현실감 없는 꿈 같은 이야기를 흘려들으며 옷을 갈아입는데 다시 말을 꺼낸다.

"세라도 고향에서 지내면 친정도 쉽게 오갈 수 있고 친구들도 바로 만나러 갈 수 있잖아. 가끔은 운전하고 싶다고도 했고. 때마침 괜찮지 않을까."

"응? 나도 같이?"

"당연하지. 나 혼자 어떻게 가."

순진하게 웃는 모습에 화가 난다.

"그렇지만 내가 하는 일은 온라인으로 불가능해. 고향에는 지점도 없고."

"학원 사무직이면 어디서든 일을 구할 수 있어. 그리고 세라는 유능하니까 다른 일자리라도 금방 찾을 수 있을 거야."

이 사람은 나의 어디를 보고 대체 이런 말을 하는 걸까. 료는 미소를 지으며 말을 계속 잇는다.

"그런데 리리 말이야. 너무 귀여워. 도타도 도쿄에서 일할 때는 생각만큼 육아에 함께하지 못해서 안타까워했지만 지금은 유리 씨보다 더 자주 리리를 돌보고 있다면서 아주 행복한 눈치야. 나도 그렇게 되면 당연히 육아휴직을 할 생각이었지만 삶의 방식을 바꾸면 집안일이나 육아에 더 집중할 수 있으니까 세라도 안심할 수 있을 거야. 유리 씨도 빨리 아이를 갖는 게 좋다고 말하더라고. 육아도 젊을 때 하는 게 체력적으로 낫다고 말이야."

아이? 육아? 세라는 지금의 직장에 들어간 지 얼마 안 됐다. 그럴 여유가 없다는 것 정도는 알고 있지 않은가. 친한 친구의 새로운 생활에 자극받은 것이겠지만 그렇다고 해도 세라의 입장은 생각도 안 하고 부주의하게 아무 말이나 쉽게 한다.

배신당한 쇼크인지 분노인지, 아니면 둘 다인지 세라는 차오르는 눈물을 멈출 수 없었다. 하지만 료는 PC 화면에 열중하느라 눈치를 못 챈다.

"나 잠깐, 학원에 자료를 깜빡하고 와서 가지러 갔다 올게."

"지금?"

"저녁밥은 적당히 해결하고 있어. 나도 대충 먹고 올 테니."

내뱉듯이 말하고 우산을 뽑아 든 채 현관문을 나섰다. 우산을 펼치던 손을 멈췄다. 어느새 비가 그쳐 있었다. 아직 흠뻑 젖어 있는 거리를 정처 없이 걸으며 듣지도 않은 이야기의 다음 장면을 상상한다.

'아이가 태어나면 역시 성을 따로 쓰는 건 힘드니까 서류정리를 하자. 그 일로 아이가 왕따를 당하기라도 하면 불쌍하잖아.'

아마 료라면 이렇게 이야기를 이어갈 것이다.

'세라는 다카라라는 성을 소중히 여기니까 내가 다카라

가 되어도 상관없어. 우리 집은 형이 시게타 성을 이을 거니까 신경 안 써도 돼.'

물론 다카라 성을 유지하고 싶다. 그러나 혼인신고를 하지 않은 게 단순히 그런 이유만은 아니다. 머릿속이 복잡해서 어디서부터 실타래를 풀어야 할지 혼란스러웠다. 세라는 자신이 이렇게까지 연연하는 이유조차 알 수 없게 되어버렸다.

'비가 그쳐도 비 내리는 날의 샌드위치가 있을까.'

발걸음은 자연스럽게 요전날 방문했던 숲으로 향하고 있었다.

열차를 타고 카페가 있었던 역에서 내린다. 분명 첫 번째 골목에서 들어간 막다른 곳이었지. 비가 오던 날 대로변에서의 발걸음을 떠올리며 걷는다. 어쩌면 그건 정말로 꿈이 아니었을까 불안해졌다. 하지만 드디어 도착한 골목 입구에 정확히 간판이 나와 있었다. 오늘 밤은 비막이용 비닐이 벗겨져 있다. 작은 조명에 비친 손글씨 메뉴도 전과 똑같이 압정으로 고정돼 있었다.

'비 내리는 날의 샌드위치, 있습니다.'

다만 메뉴 위에 흘려 쓴 글씨가 추가돼 있었다. '마음에'

라고.

"마음에 비 내리는 날의 샌드위치, 있습니다."

그렇군. 세라는 소리 내어 읽은 다음 골목으로 들어섰다.

마당까지 들어와서 깨달았다. 지난번 테이블이 나와 있던 곳 부근에 커다란 프로펠러가 선풍기처럼 돌아가고 있다. 저번에 보았던 풍차다. 다만 돌아갈 듯하다 멈추는 모습이 영 부실해 보여서 발전기로 사용한다는 건 미덥지 않다.

"풍차 작동해보신 모양이네요."

하늘색 나무 문을 당기면서 가게 안으로 들어가니 주인이 여러 개의 유리병을 주방 테이블 위에 올려놓고 쳐다보고 있었다. 오늘도 손님은 한 사람도 없다.

"네. 하지만 오늘은 바람이 안 불 것 같아요."

가게 주인이 포기한 듯 중얼거린다.

"저기, 오늘은……."

세라가 거기까지 말하자 주인이 눈치 빠르게 대답한다.

"마음에 비 내리는 날의 샌드위치 말씀이신가요?"

아직 준비 중이었는지 나란히 세워놓은 유리병의 뚜껑을 열어나간다.

"왠지 마음이 계속 불편한 하루거든요."

빵에 버터를 바르는 주인의 손을 쳐다보며 세라가 말한다.

"그런데 마침 마음에 비 내리는 날이라고 적혀 있어서요. 이거야말로 나를 위한 메뉴라는 생각이 들었어요. 날씨도 계속 비가 내려 우울해지고요. 그런데 어떤 샌드위치예요?"

"청어 초절임과 피클이 들어가요."

"저장 음식이요?"

"그렇습니다. 날씨가 나쁜 게 아니에요. 옷차림이 나쁜 거지."

"네? 무슨 말씀이신지……"

반문했더니 주인은 같은 말을 단조롭게 반복했다.

"비가 많이 오는 나라의 속담입니다. 비 온다고 불평해 봤자 아무 소용없다, 입는 옷을 바꿔보라는 의미예요."

"아아."

알 듯 모를 듯한 설명이다.

이러쿵저러쿵하는 사이 세라 앞에 지난번과 같은 하얀 접시가 놓였다. 이번에는 한 손으로 잡을 수 있을 만한 표준 두께의 샌드위치가 세 조각 놓여 있다.

"드세요. 마음에 비 내리는 날의 샌드위치입니다."

"잘 먹겠습니다."

하나는 연한 갈색 빵에 생선 절임이 들어가 있다. 청어 초절임일 것이다. 두툼한 청어의 맛이 씹을 때마다 입 안 가득 퍼진다. 머스터드소스를 넣은 듯하지만 매운맛보다 담백한 맛이 더 두드러지면서 꿀 같은 달콤함이 느껴진다. 그것이 생선 비린내를 완전히 지워버린다. 빵은 호밀이 들어간 듯 소박한 맛이 난다.

그다음 샌드위치 한쪽에 손을 뻗는다. 이번엔 하얀 빵. 들어간 건 몇 종류의 채소 피클이다. 세라는 특별히 음식에 대한 호불호가 없지만 예를 들어 양식 요리에 딸려 나오는 오이 피클은 딱히 즐기는 편이 아니다. 하지만 이 샌드위치는 계속 먹게 된다. 코가 뻥 뚫리는 듯한 신맛이 아니고 허브로 포인트를 준 덕분인지 무척 상큼하다. 마지막 한쪽에는 달콤한 잼이 들어 있다. 딸기 과육이 사치스럽게 들어간 잼은 수제일 것이다.

"전부 맛있어요. 적당한 신맛도 좋고. 이 계절에 잘 어울리네요."

확실히 눅눅했던 기분이 조금이나마 뽀송해졌다. 그것이 메뉴 이름의 유래일까.

"그런가요? 그랬다면 다행이네요."

그렇게 말하면서 의기양양한 표정을 짓고 있는 주인에

게 어쩐지 확인해보고 싶어진다.

"왜 이것이……."

"마음에 비 내리는 날의 샌드위치인지 말씀드리죠."

마치 에헴, 하는 헛기침 소리가 들리는 듯한 말투다.

"혹독한 추위를 견뎌야 하는 나라에서 겨울에는 원하는 만큼 농작물 수확이 되지 않습니다. 그래서 여름 동안 수확한 것을 이렇게 저장 음식으로 만들어놓는 겁니다. 그러면 1년 내내 맛있게 먹을 수 있으니까요. 신선한 재료를 구할 수 없다면 조리법을 바꾸면 되는 거죠."

주인이 말을 이었다.

"그래서 마음에 비가 내리는 날, 즉 완전히 지쳐서 꼼짝도 할 수 없는 날이야말로 생각을 180도 바꾸면 좋아요. 발상의 전환이죠. 비는 지겹다, 우울하다는 생각을 옷만 바꿔 입으면 비는 즐겁다, 유쾌하다, 이렇게요."

"아, 아까 말씀하신 속담……."

"그렇습니다. 날씨가 나쁜 게 아니야. 옷이 나쁜 거지. 신선한 식재료가 없다면."

세라는 손뼉을 탁 치며 말을 이었다.

"피클로 만들어 먹는다. 그러면 이렇게 맛있는 샌드위치가 된다."

이제 조금 알 것 같다. 세라는 남은 샌드위치를 입에 넣었다. 그러고 보니 비코도 귀여운 비막이용 굿즈 덕분에 비 오는 날의 외출을 좋아하게 되었다고 했던가.

"예를 들면 이 촛불이요."

지난번에 왔을 때 빛나고 있던, 유리병에 들어 있는 초를 주인이 가리킨다.

"예뻐요. 왠지 차분해지는 것 같기도 하고."

"위도가 높은 나라는 해가 뜨지 않는 시기가 있어요."

"백야랑 반대로요."

"그래서 태양 대신 불빛으로 양지를 만들어 추위와 어둠으로부터 자기 자신을 지킨답니다."

촛불의 밝기는 태양이 지기 전 석양의 밝기와 비슷하다고 한다.

"보세요, 이 작은 흔들림."

주인의 나긋나긋한 말투에 귀를 기울이면서 세라는 흔들리며 반짝이는 불빛을 바라본다.

"이게 마음을 차분하게 만드는 f분의 1 진동이라고 들은 적이 있어요."

"그래서 이렇게 편안해지는 거군요."

어둠을 비관하지 않고 마음을 감싸주는 촛불의 불빛과

함께 고요한 시간을 보낸다. 이것도 발상의 전환 가운데 하나다. 흔들리는 불빛을 바라보고 있으니 포근한 담요에 싸여 있는 것 같은 기분이 든다. 그러고 보니 비코의 엄마가 비코를 바라보던 눈빛에서도 그런 인상을 받았던 게 떠올랐다.

"그런데 행복의 반대말이 뭐라고 생각하세요?"

갑자기 그런 질문을 받고 세라는 바라보던 촛불에서 눈을 든다.

"불행 아닌가요? 행복이라는 글자 '행' 앞에 그것을 부정하는 '불' 자가 붙으니까요."

손가락으로 허공에 글자를 적는다. 주인은 턱에 손을 대고 잠시 생각하다가 말했다.

"반대말이 딱 하나만 존재한다면 그렇게 말할 수도 있겠네요. 그런데 반대말이랑 짝을 이루고 있는 게 아니라 서로 별개가 아닐까요? 예를 들어 내가 성장했다고 느낄 수 있다면 그건?"

"행복."

마치 연상게임 같다.

"그럼 반대로 나는 안 돼, 하며 자신감을 잃어버린 상태는?"

"불행이죠."

"어떤 의미에서는 그렇겠죠. 다만 여기서 앞으로의 성장 잠재력을 보거나 새로운 무언가를 만들어낼 기회라고 여긴다면 그건 결코 불행이 아니잖아요? 스트레스에 대해서도 똑같이 말할 수 있어요."

한마디로 스트레스라고 해도 원인은 다양하다. 너무 바빠서 스트레스를 받는 사람도 있는가 하면 그렇지 않은 사람도 있다. 세라는 아무리 바빠도 스트레스를 받진 않는다. 시간이 많을 때 오히려 스트레스가 쌓이기도 한다.

"그렇다면 스트레스의 반대말은 뭐라고 생각하세요?"

대답을 준비하지 않고 있던 세라는 잠깐 생각해본다.

"릴랙스라든가……?"

"음, 나쁘지 않아요."

합격점을 받아서 기쁘다.

"어떤 사건이 벌어졌을 때 침울해하며 머리를 쥐어뜯을지 아니면 헤헤 웃으며 머리를 긁적일지. 기왕이면 후자인 편이 당연히 낫잖아요."

주인이 그렇게 말하며 곱슬곱슬한 머리카락을 당겼다.

"그런데 그 차이는 어디서 오는 걸까요?"

이번에는 세라가 물어볼 차례다.

"방금 손님이 말씀하신 그거예요. 릴랙스. 즉 마음의 여유. 그것이 있느냐 없느냐죠."

세라에게 스트레스는 부조리함이나 자신의 생각이 이해받지 못하는 상태를 의미한다. 그렇다면 그 반대는 무엇일까. 그걸 찾으면 세라 나름의 릴랙스를 얻을 수 있을지 모른다.

"어이쿠, 다시 내리기 시작했네."

주인이 창밖으로 눈길을 준다.

"좀처럼 그칠 것 같지 않네요. 모처럼의 풍차도 이런 상태면……"

그렇게 말하면서 창가로 다가간 세라가 앗, 소리를 낸다.

"그렇지만도 않은 모양이네요."

풍차는 내리는 비의 힘을 빌려 빙글빙글 돌아가고 있다. 날개에 비가 닿으면서 튀어 오른 빗방울이 춤을 추고 있다.

"귀를 기울여서 잘 들어보세요."

주인이 속삭이듯 말한다. 쉭쉭 돌아가는 날갯소리가 들려온다. 정적 속에서 풍차가 음악을 연주하는 것 같다.

"발전까지는 힘들겠지만 자연의 BGM 정도는 연주해주네요. 그것도 나름대로 괜찮지 않나요?"

실제로 물레방아를 이용해 연주 활동을 하는 사람도 있다고 주인이 가르쳐준다. 에너지를 사용하는 방법도 한 가지가 아닌 것이다. 세라는 멀리서 들려오는 비의 음악을 들으며 마음속으로 노래를 부른다.

"비가 내려, 마구 내려……."

이어서 사이토의 아름다운 옆얼굴을 떠올린다. 물론 그 사람의 속마음까지 알지는 못한다. 하지만 그렇게 무시를 당하면서까지 함께 지내야 하는 인생은 쓸쓸하다. 평등의 반대말은 격차. 안심의 반대는 불안. 속박의 반대는 자유. 세라는 자유롭고 싶다. 좋아하는 일을 하며 살아간다. 그러기 위해 확고한 자립을 포기하고 싶지 않은 것이다. 그것이 일을 계속하는 의미이며 혼인신고를 하지 않는 이유다.

"잘 먹었습니다."

세라가 자리에서 일어나자 주인이 주방 아래쪽으로 몸을 수그리는가 싶더니 손바닥에 무언가를 올리고 일어섰다.

"손님께는 이걸."

작은 펭귄 피규어다.

"네? 펭귄?"

"흑백을 나누지 않는다는 의미입니다."

검은 날개를 가진 펭귄이 주인의 손바닥 위에서 자랑스러운 듯 하얀 가슴을 보여준다.

"선물이에요. 가지세요."

통통한 펭귄 피규어는 귀여웠지만 가지고 가봤자 둘 곳이 마땅치 않다. 정중히 거절했다. 하지만 생각한다. 검다, 희다 따질 필요가 없는 걸까. 이사가 아니라 거점을 여러 곳에 두고 지낼 곳을 마련하는 생활방식도 있다. 떨어져 지내다 가끔 어딘가에서 만나는 생활도 나쁘지 않다. 평등한 관계를 계속 유지하기 위해서는 내가 아니라 우리라는 시점을 잊어선 안 된다. 청어절임과 피클과 잼. 오랜 시간 공들여 완성한 저장 음식은 깊은 맛이 난다. 그렇게 숙성시켜나가는 것은 가족 관계와도 조금 비슷하다.

료와 세라, 어쩌면 장래에 새롭게 태어날 아이까지, 각각의 개성이 하나의 샌드위치를 만드는 것처럼 때론 개인으로, 때론 팀으로. 항상 평등하게 그리고 대등하게.

"흠뻑 젖은 아이야~ 울어라~ 울어~"

빗소리 가운데 엄마의 노랫소리가 들린다. 책을 읽는 법이나 멜로디가 한 가지가 아니듯 생각하는 방식도 한 가지가 아니다. 부조리함이나 이해받지 못하는 것을 한탄하기보다 그 안에서 자기 나름의 요리법을 찾으면 되는 것이다.

"그러고 보니 펭귄은 수컷도 육아를 한다고 했던가."

료가 바지런히 아이를 돌보는 모습을 상상하니 기분이 묘했다.

구름 사이로 달빛이 새어 나왔다. 이번에야말로 비가 그친 듯하다. 서서히 장마가 끝나가는지도 모른다. 내일도 아침 일찍 수업이 있다. 여름학기 커리큘럼 작업도 마무리 단계다. 일찍 들어가서 푹 쉬자.

세라는 돌아가는 발걸음을 서둘렀다.

젖어 있던 풍차가 날개를 말리듯 천천히 돌아가고 있습니다. 소로리는 호밀빵을 토스터에 구운 다음 저장 용기하나를 열고 있습니다. 특제 딸기잼입니다. 여섯 등분해서 자른 빵과 같은 두께로 듬뿍 쌓아 올립니다. 조금 많은듯 보이지만 소로리는 아주 흡족한 모습입니다.

"와, 이건 뭐."

소로리가 빙그레 웃더니 천천히 크게 한입 베어 물었습니다. 어이쿠야, 삐져나온 잼이 입 주변에 묻고 말았네요.

여름이 어느새 코앞까지 와 있는 밤입니다.

* 3장 *

나를
돌보는

마시멜로
구이

"이렇게 기분이 좋을 수가! 바람이 살랑살랑 뺨을 간지럽히는 느낌이 좋네. 새들은 뭐가 그렇게 기쁠까. 밝게 지저귀는 소리에 나까지 밝아지는 것 같아. 와, 최고다 최고."

심호흡을 하듯 몸을 열고 하늘을 향해 가슴을 내민다. 이어서 들어 올린 얼굴에 맹렬한 태양 빛이 무자비하게 내리꽂힌다.

"그래도 덥기는 무지 덥네. 역시 정신승리만으론 안 통하는구나."

맥없이 떨군 이마에서 땀이 줄줄 흘러내리면서 바람 덕분에 기분 좋게 간지러워야 할 뺨을 축축하게 적셨다. 매일 입만 열면 덥다는 말밖에 안 나온다. 그래서 가끔 다른 말을 하면 기분이 나아지지 않을까 생각해봤지만 온몸에 열기를 가득 머금은 이 상태가 나아질 리 없다. 숨쉬기 힘들 정도로 뜨겁고 무거운 공기가 느껴질 뿐이다. 최고기온이 30도를 넘으면 한여름 날씨로 인정된다. 최근엔 그렇게 부르는 날이 드물지가 않다. 오히려 한여름 날씨가 아닌 날이 화제가 될 정도다. 최근 수년간 계속 이런 분위기다.

"언제부터 이렇게 열대지역 같은 나라가 되었을까."

여름이 쾌적했던 시절을 완전히 잊어버렸다. 이런 기온 상승은 물론 이 나라만의 문제는 아니다. 집중호우와 점점 더 극심해지는 태풍, 물 부족 같은 기상이변의 원인 가운데 하나로 거론되는 온난화. 현대인들의 생활이 초래한 결과에 자연이 보복하는 것처럼 느껴질 뿐이다. 한 사람 한 사람이 각자의 생활을 돌아보는 일, 무엇을 할 수 있을지 생각하는 것, 그 첫걸음이 필요하다. 하지만 천천히 생각하고 있을 시간은 없다. 북극의 빙하가 녹는 것은 현재진행형이므로.

'이 숲에서의 생활을 시험하다 보면 찾을 수 있는 무언가가 나올까.'

나에게도 여유로운 시간이 남아 있는 것은 아니다. 더위로 멍해진 머릿속에 이런저런 생각들이 떠올랐다 사라져 간다.

땀이 줄줄 흘러내리는 채로 카페를 향해 걷고 있는데 골목 입구 부근에 한 여성이 앉아 있었다. 영업 중에는 간판을 세워두는 공간이지만 준비 중인 지금은 아직 아무것도 나와 있지 않다. 잔디 사이로 괭이밥과 피막이풀이 무성하게 자라 있을 뿐이다. 풀들도 전부 삶은 채소처럼 열기를 가득 머금고 있을 것이다. 옆에 서 있는 느릅나무가 무늬만 그늘이라고 할 정도로 작은 그늘을 만들고 있었다. 아스팔트가 그 부분만 짙은 회색이다. 지름이 불과 1미터도 안 되는 그곳에서 여자가 무릎을 감싸 안은 채 웅크리고 있다.

'가게 문이 열리기를 기다리는 건가?'

처음에 나는 그런 생각을 했다. 저녁 때 문을 여는 카페 도도에는 아주 가끔 드물게 그런 손님이 찾아오기 때문이다. 하지만 내가 가까이 다가가도 얼굴을 숙인 채다.

"저기……."

주저주저 말을 걸었더니 여자가 놀란 듯 얼굴을 든다.

이런 무더운 날씨에 안색은 창백하고 눈빛도 멍하다.

"괜찮으세요?"

걱정이 되어 다가가니 여자는 당황해서 일어서려고 하다 다시 주저앉았다. 몸이 생각대로 움직이지 않는 모양이다.

"죄송합니다. 잠깐 현기증이 나서요. 자주 있는 일이에요. 잠시 앉아 있으면 나아질 거예요. 괜찮습니다."

말하는 걸 보니 침착하다. 대화를 나눈 덕분에 호흡이 정리되었는지 조금씩 혈색이 돌아온다.

"이 골목 끝에서 카페를 하고 있는데요, 잠깐 쉬었다 가시는 건 어떠세요?"

나무에 둘러싸인 카페 도도는 작은 숲과 같은 곳이다. 바람도 통하고 조금은 시원하다. 적어도 길가 그늘에 앉아 있는 것보다 나을 것이다. 아직 불안정한 여자의 다리 상태를 살피면서 가게로 안내했다.

오가와 사요코가 점장으로 근무하는 매장은 역과 붙어 있는 쇼핑센터 안에 있다. 이십 대 후반부터 삼십 대를 대상으로 문구와 식기류 같은 생활용품을 판매하는 잡화점이다. 본사에서는 도쿄 시내를 중심으로 점포들을 전개하고 있는데 교외에 있는 독립 매장인 본점 외에는 이렇게 건물 일부를 임차하는 형태로 쇼핑몰이나 역 건물에 입점해 있다. 사요코가 담당하고 있는 이 매장은 규모는 작지만 본점에 이어 두 번째로 큰 매출을 자랑하는 우수 매장이다. 출퇴근 고객이 많은 터미널 역에 있다는 입지 덕분이지만 그만큼 월세는 비싸다. 경비를 생각하면 매출이 오히려 적을 정도다.

사요코가 이 매장을 맡게 된 것은 1년 전, 정확히 첫 번째 코로나 긴급사태 선언이 나왔을 무렵이다. 다행히 생필품 판매점의 범주에 들어가는 쇼핑센터는 영업을 계속할 수 있었지만 입점 매장에 따라선 자체적으로 임시휴업을 하는 곳들도 생겼다. 출퇴근 고객이 줄고 매출이 큰 폭으로 떨어졌다.

"상황이 이러니 매출 하락은 어쩔 수 없습니다. 오히려 직원들의 근무 형태를 포함해 어떻게 대처할지 고민해보면 좋겠습니다. 앞으로의 시대 상황에 맞춘 변화를 기대하고 있습니다."

그때까지 본사에서 인테리어 부문의 매입 총괄을 담당하고 있던 사요코에게 사장이 직접 요청을 했다. 입사한지 30년 이상이 흘렀다. 나이도 오십 대 중반을 바라보고 있다. 사요코 정도의 베테랑이 매장에서 근무하는 일은 흔치 않다. 하지만 다른 점포에서 점장으로 일한 경험도 있고 이 점포에는 대학 졸업 직후부터 5년간 배치되었던 인연도 있고 해서 이번 인사에서 적임자로 뽑히게 되었다.

근무 체제가 바뀌어도 당장은 직원들의 급여를 깎거나 인원 감축 등은 고려하지 않겠다는 회사의 방침은 고맙지만 그만큼 앞으로의 근무 형태를 감안한 개혁안을 모색하라는 지시에는 압박감을 느낄 수밖에 없다. 그래도 이런 상황에서 새로운 업무 스타일을 고민해보는 것은 좋은 기회라고 생각했다.

점장인 사요코와 부점장인 히로사키 그리고 아르바이트로 일하는 다치바나와 호사카까지 지금 매장에는 총 네 명이 일한다. 다치바나는 지금 대학교 3학년인데 사요코가 점장이 되기 전부터 이곳에서 일하고 있다. 처음엔 주말에만 근무하다 온라인 수업이 늘어난 덕분에 시간을 더 자유롭게 쓸 수 있게 되었다. 호사카는 세 살, 다섯 살짜리 두 아이를 키우면서 어린이집에 맡길 수 있는 평일 낮 시간대에 주로 근무한다.

맨 처음 시도해본 것은 1일 영업시간 자율제였다. 원래 영업시간은 아침 열 시부터 밤 아홉 시까지. 그러나 회사원들의 시차출퇴근과 재택근무, 음식점 단축 영업 등의 영향으로 밤늦은 시간대에는 손님이 거의 없다. 사요코네 매장뿐만이 아니다. 쇼핑몰 안에 고객이 한 명도 보이지 않는 날도 흔하다. 그래서 상황을 보며 고객이 많이 안 올 것 같은 날은 일찍 문을 닫는 식으로 바꿨다. 경우에 따라 예를 들어 다음날 날씨가 아주 궂을 예정이면 임시휴업도 적극 검토한다. 개인 매장 같은 운영 방식이지만 손님이 안 오는데 한가하게 시간을 보내봤자 노동력 낭비다.

처음엔 이용하는 고객들뿐 아니라 근무자들도 헷갈리고 당황스러워했다. 그러나 사전 공지를 하거나 전날 SNS, 매장 홈페이지 등을 통해 세심하게 알려나가는 사이 이런 영업 형태도 자리를 잡게 되었다. 어차피 하루에 찾아오는 고객 수도 줄고 있다. 이런 방식이면 매장에 직원 한 명과 아르바이트 한 명으로 충분하다. 사요코와 부점장인 히로사키가 휴가를 번갈아 쓰고 아르바이트 직원 두 명의 시간을 조율하는 식으로 조를 짠다. 과감하게 내린 결단이었지만 지금은 나름대로 효과를 보고 있다.

본사에 근무할 때는 각 매장의 매출 집계를 기다렸다가 일 매출 정산을 끝내야 해서 막차로 간신히 귀가하는 일도 많았다. 그러나 지금은 해질녘의 여운이 남아 있는 사이에 집에 오는 날도 종종 있다.

'이 시간에 집에 있을 수 있다는 게 너무 좋다.'

사요코는 집에 도착하자마자 따끈한 물로 샤워를 하고 보들보들한 코튼 티셔츠로 갈아입었다. 젖은 머리를 수건으로 닦으면서 냉장고를 연다. 최근 즐기게 된 무알콜 캔 맥주를 꺼내어 뚜껑을 땄다. 캔맥주를 열 때 팟, 하는 상쾌한 소리가 좋다. 꿀꺽 한 모금 마시고 휴우, 하고 크게 숨을 내쉬었다.

대학 입학과 동시에 본가에서 나와 독립했다. 결혼할 기회가 없었던 건 아니지만 타이밍이 맞지 않았다. 문득 돌아보니 싱글인 채로 시간이 흘러 지금이 되었다. 혼자 살아온 역사는 길다. 누구에게도 방해받지 않는 자기만의 공간. 이 공간이 주는 편안함에 완전히 익숙해져버렸다.

캔맥주를 손에 든 채 거실로 나간다. 창밖은 막 어두워졌다. 짙푸른 하늘에 희미하게 건물 그림자가 떠오른다.

"예쁘다……."

스마트폰 카메라를 창 쪽으로 갖다 댔다. 커튼 대신 창가에 걸어놓은 아이보리 리넨 천 너머 어스름한 파란 하늘이 카메라에 담겼다. 그대로 인스타그램에 올렸다.

벌써 4, 5년째 계속하고 있는 인스타그램에는 거의 하루에 한 번꼴로 게시물을 올리고 있다. 집 인테리어나 요리, 오늘처럼 계절의 풍경 사진을 올릴 때도 있다. 기분전환용으로 시작한 것이 팔로워가 늘고 모르는 사람들로부터 '좋아요'를 받으면 기쁘니까 어느새 일과가 되었다.

텔레비전을 켜니 뉴스가 시작되었다. 거리의 사람들 인터뷰가 나온다.

"빨리 예전과 같은 생활로 돌아가고 싶어요."

쇼핑 중이던 모녀가 말한다.

"신경 쓰지 않고 퇴근 후에 한잔하러 갈 수 있으면 좋겠네요."

직장인으로 보이는 남자가 말한다.

"다시 해외여행을 가고 싶어요."

일을 마치고 귀가하던 여자가 말한다.

원래대로, 예전처럼……. 정말로 그럴까. 사요코는 그렇게 생각하지 않는다. 불온한 생각인지 모르겠지만 이대로가 좋다, 이대로 딱 좋지 아니한가, 그런 생각만 든다. 이 상황을 계기로 새로운 삶의 방식과 생활에 대해 모색해야 하는 게 아닐까. 원래대로 돌아가는 게 아니라. 무한정 앞으로 앞으로 나아가기만 하는 것이 과연 옳은 일인가.

텔레비전을 끄고 거실 선반에서 커피 그라인더를 꺼낸다. 냉동실에 보관해둔 원두를 넣고 나무와 철제로 된 앤틱 스타일의 그라인더 손잡이를 천천히 돌렸다. 원두가 분쇄되며 나는 깊고 그윽한 향과 토톡톡 소리에 괜히 마음이 차분히 가라앉는 것 같다. 스마트폰 화면을 얼핏 보니 방금 올린 사진에 벌써 100개 가까이 '좋아요'가 달려 있다.

그다지 손님이 많은 날도 아니었는데 해 질 무렵부터 머리가 아프기 시작했다. 요즘은 연일 그야말로 불볕더위라서 건물 전체의 에어컨 설정 온도가 꽤 낮아졌을 것이다. 기온의 변화에 몸이 따라가지 못한다. 오십을 앞둔 즈음부터였을까. 급격한 온도 차이뿐 아니라 날씨에 따른 기압의 변화에도 몸 컨디션이 무너지는 일이 많아졌다. 기상병이라고도 하는데 여성들에게 많이 나타나는 증상이라고 어디선가 읽은 적이 있다.

사요코는 지끈거리는 관자놀이를 누르면서 계산대 밑에 웅크리고 앉았다. 발 언저리에 둔 자신의 블루그레이 숄더백에 손을 넣어 나일론으로 된 파우치를 집었다. 약통에서 두통약을 꺼내 포켓 사이즈의 물병 뚜껑을 열고 입에 머금은 물과 함께 목으로 흘려 넘겼다.

다행히 지금 매장 안에 손님은 없다. 쇼핑몰의 메인 스트리트를 오가는 사람의 모습도 드문드문하다. 파우치와 페트병을 가방에 다시 넣으면서 핸드폰으로 시간을 확인했다. 어제 일자로 공지해놓은 오늘의 폐점 시각까지 남은 시간은 8분. 사요코는 핸드폰을 가방에 넣고 한 번 숨을 크게 내쉬고 일어섰다.

매장 입구 쪽에서 물건 정리를 하고 있는 다치바나에게 말을 건넨다.

"이제 문 닫을 준비를 할까요."

"네."

프릴이 달린 미니원피스 자락을 흔들면서 다치바나가 계산대로 달려왔다.

약이 효과가 있어서, 집에 도착할 무렵엔 깨질 것 같던 두통도 가라앉아 있었다. 그래도 몸에 둘러쳐진 듯한 무거운 기운 때문에 푹 꺼질 것 같다. 땀은 흐르는데 한기가 느껴진다. 현관문을 열고 쓰러지듯 들어가 가방을 내려놓았다. 가방에서 내용물이 쏟아져나와 마룻바닥에 흩어졌다.

앉은 채로 현관 옆에 세워놓은 전신거울에 눈길을 준다. 나이에 비해 젊어 보일지 모른다. 머리카락을 귀 뒤로 넘긴다.

"지금쯤 가봐야 하는데……."

관자놀이 쪽에 흰 머리카락이 자라 있다. 정수리 부분도 염색을 한 부분과 안 한 부분의 경계가 눈에 띄기 시작했다.

고객을 대면하는 일을 하지만 아니 오히려 서비스업이기 때문에 더욱 그렇다. 가능한 한 사람과의 접촉은 피해왔다. 점원이 감염이라도 되면 고객들에게 엄청난 폐를 끼치게 된다, 항상 그렇게 생각하며 조심해왔다. 최근 1년여 동안은 고향을 방문하거나 여행을 가지 않은 것은 물론, 회식도 외식도 하지 않았다. 미용실에 가면 아무래도 가까이 접촉할 수밖에 없다. 장시간 머물지 않도록 간단히 염색만 해주는 미용실을 찾아서 가곤 했다.

하지만 역시 이제 한계에 봉착했다. 머리카락 끝이 상한 것도 신경이 쓰인다. 어지럽게 흩어진 짐들 사이에서 스마트폰을 집어 들고 20년 가까이 다니고 있는 미용실 홈페이지를 열었다. 매체에도 종종 등장하는 유명한 숍이다.

스타일리시한 디자인의 메인 화면에 환상적인 야경 사진이 펼쳐졌다. 정기적으로 바뀌는 이 사진은 카메라를 좋아하는 스태프가 촬영한다고 담당 헤어디자이너에게 들은 적이 있다. 그 사진 밑에 '고객 주의사항'이라는 제목의 글이 적혀 있다. 지금이라면 틀림없이 최대한 배려해서 시술을 해줄 것이다. 그렇게 믿고 링크를 눌렀다.

몸이 안 좋은 사람은 예약을 취소하도록, 손 소독을 철저히 하도록, 등등의 기본적인 안내에 이어 커트 도중에 손님들은 마스크를 벗어야 할 수도 있다, 그리고 헤어디자이너도 실력 발휘를 제대로 하기 위해 마스크를 하지 않을 가능성이 있다고 적혀 있다.

이상하네. 직관적으로 생각했다. 방역의 중요성이나 불안 요소를 간과하면서까지 헤어스타일의 미적 완성을 우선한다는 건가. 주의사항 마지막에는 이런 문구가 있었다.

'이럴 때일수록 즐겁게 멋을 내보아요!'

이럴 때이므로……, 이럴 때일수록……. 문장이 무책임하고 경솔하다. 마음에 전혀 울림이 없다. 사요코는 화면을 닫고 다시 거울에 눈길을 준다. 가르마를 바꾸고 잘 정리하면 앞으로 몇 주간은 그럭저럭 지낼 만할 것이다. 현관 앞에 흩어져 있던 물건을 가방에 담고 천천히 일어섰다.

달아오르는 듯한 느낌은 계속 이어진다. 기분 나쁜 땀이 겨드랑이를 타고 흘러내렸다. 내일은 푹 쉬자. 그렇게 생각하니 조금 편안해졌다.

쉬시는데 죄송해요.

부점장인 히로사키에게서 스마트폰으로 메시지가 들어온 것은 늦게 일어난 사요코가 막 빨래를 널고 점심 준비를 하려던 차였다. 파스타를 삶기 위한 물이 냄비 안에서 끓고 있었다.

다치바나 씨가 갑자기 아파서 결근했어요.
오늘은 저 혼자 괜찮은데 내일부터는 어떡하죠?

메시지는 그렇게 이어졌다. 적은 인원수로 돌아가며 매장을 지키다 보면 이런 일도 생긴다. 아르바이트생인 다치바나는 원래 오늘 낮 열두 시부터 저녁 다섯 시까지 근무다. 시계를 보니 곧 열두 시 반이 되려고 한다.

이따 매장으로 나갈게요.
그때까지 잘 부탁드립니다.

답장을 보내고 가스레인지의 불을 껐다. 끓기 시작한 물을 싱크대에 버렸다. 점심은 나중으로 미룬다. 사요코는 외출할 준비를 했다.

매장에 도착하니 히로사키가 손님을 배웅하고 있었다.

"고맙습니다."

활기찬 목소리가 귀에 들어온다. 가게를 나서는 손님에게 사요코도 가볍게 인사를 한다. 손님의 뒷모습이 보이지 않게 되자 히로사키에게 얼굴을 돌렸다.

"수고하셨습니다."

"점장님, 쉬시는 날인데 죄송해요."

"괜찮아요. 괜찮아. 어차피 오늘은 집에만 있으려고 했으니까."

사요코가 출근 외의 외출을 가급적 피해온 것은 물론 일 때문이긴 하지만 의외로 집에 틀어박힌 채 지내는 게 자신에게 잘 맞는다는 사실을 알게 됐다. 굳이 쉬는 날 밖에 나가지 않는 것은 심신의 안정으로도 연결되었다.

"다치바나 씨 괜찮대요? 코로나는 아니겠지?"

"그게……."

히로사키가 목소리를 낮춘다.

"아무래도 정신적으로 피로가 많이 쌓였나봐요. 처음에는 몸이 안 좋다고 하더니 나중엔 당분간 나오지 못할 수도 있다고 하더라고요. 이야기를 자세히 들어보니 꽤 오래전부터 정신과 상담을 받고 있다네요."

"네? 그렇게는 보이지 않았는데."

코로나 때문에 마음의 균형이 깨진 사람이 많다는 것은 물론 알고 있었다. 본사에서도 직원들의 심리 케어나 상사로서 부하를 대하는 태도 등과 관련한 연수를 몇 차례 진행했다. 하지만 내심 속으로는 자신과 상관없는 일이라고 생각하고 있었다.

"학교 수업이 온라인으로 바뀌고 나서 친구들과 직접 만나지도 못하고 취업에 대한 불안감도 있었나 보더라고요."

취업 활동도 최근에는 온라인으로 이루어지고 있다. 일부러 회사로 찾아갈 필요도 없고 편하겠다, 그렇게 생각했지만 표면적으로는 보이지 않는 스트레스가 마음 깊은 곳에 쌓여가고 있었던 것이다.

"그렇군요. 당분간 마음 편히 쉬라고 하세요. 빨리 다시 나오라고 재촉할 수 있는 상황도 아니고요."

"그렇죠."

"나도 가능하면 교대근무 들어올 거고요. 미안하지만 히로사키 씨도 조금 근무시간이 늘어날지 모르겠네요.”

“당연하죠. 이럴 때 서로 도울 수 있다는 게 팀으로 일하는 장점이라고 생각해요.”

믿음직스럽게 말을 해준다. 신속히 교대 시간을 다시 짰다. 노트북을 계산대에 올려놓고 엑셀을 열었다. 또 다른 아르바이트 직원인 호사카는 평일 낮 시간대라면 근무 가능하다. 아침 이른 시간과 늦은 저녁 시간으로 나눠 교대조를 짜면 셋이서도 어떻게든 꾸려나갈 수 있을 것이다.

본사에 보고를 했다.

‘역시 오가와 씨답군요. 잘 부탁합니다.’

이런 답변이 왔다. 2교대면 출근하는 날이 늘지만 1일 근무시간은 줄어든다. 요청을 하면 본사나 다른 매장에서 인력을 추가해줄 것이다. 하지만 다른 곳도 스태프 확보에 어려움을 겪고 있다는 건 알고 있다. 가능한 한 충원 없이 해나가자는 생각이었다. 다만 아무리 협조적인 스태프라고 해도 점장 입장에서는 두 사람에게 무리한 부탁을 하고 싶지는 않다. 스태프의 기분을 맞추는 것이 점장의 사명이다. 그날부터 사요코는 쉬는 날 없이 교대근무에 들어갔다.

한여름 폭염이 며칠이고 계속됐다. 그날도 아침부터 기

온이 높았다. 57년 만이라는 도쿄 올림픽이 관객 없이 개최되고 있다. 이 매장 바로 옆에 경기장이 있는데도 마치 먼 나라 이야기처럼 거리는 한산하다. 긴급사태 선언이 여러 차례 발령되었다. 당연히 손님들의 발걸음도 뜸해졌다. 저녁에는 매장 문을 닫았다. 밖은 아직 뜨거운 태양이 비치고 있었다.

'덥다. 빨리 집에 가고 싶어.'

몽롱한 채로 귀가를 서두르는데 눈앞에서 번쩍번쩍 빛이 나는가 싶더니 시야가 점점 좁아졌다. 당황해서 큰길가를 벗어났다. 눈 안쪽이 빙글빙글 돈다. 최근 가끔 일어나는 현기증 같은 증상이다.

나이로 볼 때 갱년기 증상이 시작되는 것을 자각하고 있다. 나이에 맞게 일하는 방식을 바꿔야 하는데 왜 하필 이럴 때 풀타임으로 움직이고 있는가. 사요코는 숨 막힐 듯한 가슴을 부여잡으면서 생각했다. 오십 대나 되어서 여태껏 이삼십 대의 젊은 시절과 똑같이 일하고 있다. 몸이 무리하고 있다고 호소하는 듯하다. 나무 그늘을 발견하고 쪼그려 앉았다.

"저기······."

말소리에 정신이 돌아왔다. 얼굴을 드니 키 큰 남자가

이쪽을 수상쩍은 눈으로 보고 있었다. 일어서려고 하는데 몸이 휘청거렸다.

"이 골목 끝에서 카페를 하고 있는데요, 잠깐 쉬었다 가시는 건 어떠세요?"

목이 바싹 말랐다. 가지고 있는 물병은 이미 비어 있다. 차가운 물이라도 마실 수 있으면 도움이 될 것 같다. 휘청이는 발걸음으로 곱슬머리 남자의 뒷모습을 보면서 따라갔다.

골목 끝에는 작은 마당이 펼쳐져 있었다. 그 안쪽에 오두막 같은 카페가 있었다. 카페 주인인 듯한 그 남자는 마당에 있던 의자를 나무들이 무성한 쪽으로 옮기면서

"음, 바람이 잘 통하는군."

그렇게 중얼거리고 나서 사요코에게 손짓을 한다. 나무들이 와삭와삭 소리를 냈다.

"고맙습니다. 잠깐 쉬었다 갈게요. 가게 보셔야죠?"

"영업은 저녁부터니까 신경 안 쓰셔도 됩니다."

그렇게 말하고는 총총걸음으로 오두막처럼 생긴 카페 안으로 들어갔다. 의자에 앉아서 심호흡을 반복하는 사이 심장박동도 안정되었다. 멍하니 카페 쪽을 보고 있으니 입

구에서 방금 전의 남자가 나왔다. 손에 든 유리컵을 사요코에게 건네며,

"이거 드실 수 있으면. 오늘 저녁 메뉴인데 시음용 서비스예요."

"그래도 되나요?"

얼음을 띄운 유리컵에는 우유보다 짙은 유백색 음료가 들어 있다.

"나를 돌보는 달콤한 디저트."

"네?"

"메뉴 이름이에요."

이상한 메뉴 이름이다. 돌본다? 반신반의하면서 한 모금 입에 머금는다.

"맛있어요."

크리미하면서 살짝 단맛이 난다. 혀에 남아 있는 알갱이는 뭘까. 걸쭉하고 차가운 액체가 목을 넘어가는 사이 부드러운 단맛이 온몸에 스며든다.

"두유 감주예요."

"감주요?"

"네. 누룩으로 만든 감주요. 거기에 차가운 두유를 섞었어요."

"감주는 겨울철 음료라고 생각했어요. 차갑게 마셔도 좋네요."

"좋다 나쁘다 할 것이······. 맛에 정답이 있을까요?"

역으로 물음이 되돌아왔다. 원래 여름 더위에 발효해서 겨울 축제 때 마시던 감주는 의외로 여름의 계어(하이쿠 같은 전통 시에서 특정 계절을 나타내는 단어-옮긴이)라고 한다. 꿀 꺽꿀꺽 마시다 보니 신기할 정도로 머릿속이 맑아졌다.

"왠지 기운이 나네요. 그러고 보니 감주는 마시는 수액이라고도 하더군요. 나를 돌보는 데 성공한 것 같네요."

그렇게 말하면서 웃었더니,

"내가 나를 돌보지 않으면 누가 돌봐주겠어요."

이번에는 마치 신기한 생명체를 쳐다보듯 말한다.

맞는 말이다. 열심히 노력하는 자신을 돌봐주지 못했다. 더 열심히 하라고 다그치기만 했다. 자기 자신에게 미안한 기분이 들었다.

집에 도착해 곧바로 편한 옷으로 갈아입는다. 숨을 고르기 위해 태블릿으로 동영상 사이트에서 종종 보는 프로그램을 재생했다. 습관적으로 실천하고 있는 마인드풀니스, 명상 사이트다.

"천천히 호흡을 가다듬습니다. 발은 바닥에 딱 붙인다는 느낌으로, 정수리는 천장에서 당기는 듯한 감각으로. 고요히 자기 자신과 마주합니다. 자신에게 감사합니다."

나를 돌본다. 나에게 감사한다. 몇 번이고 말해주었다. 5분 정도 태블릿에서 들리는 목소리에 몸을 맡긴 다음 조용히 눈을 떴다.

부엌에는 좋아하는 식기들이 놓여 있다. 해외의 빈티지 그릇도 많다. 거실의 영국제 콘솔에는 갤러리에서 발견한 어느 조각가의 주물 오브제를 올려놓았다. 창가 옆에 있는 나무 스툴 위에는 화초가 담긴 꽃병을 두었다. 다이닝 테이블 대신에 사용하는 것은 할머니가 물려주신 테이블형 발 재봉틀이다.

집이라는 공간은 사요코를 마음 편히 쉬게 하며 안심시킨다. 밖에 나가면 귀찮은 일투성이다. 계속 집 안에 틀어박혀 지내는 것도 괜찮겠다는 생각도 한다. 끊임없이 달려야 하는 일상으로부터 도망치고 싶다. 하지만 사요코의 역할이 그걸 허락하지 않는다.

"스트로 해트, 귀엽네요. 그거 우리 제품이에요?"

액세서리의 재고 수량을 세고 있던 사요코에게 열 시부

터 교대로 일하는 아르바이트 직원 호사카가 매장에 들어서자마자 물었다.

"안녕하세요. 이거요?"

사요코는 자기 머리 위의 밀짚모자에 손을 가져갔다.

"매장에서 파는 거예요."

스트로 해트라고도 불리는 밀짚모자는 매년 이 계절에 들어오는 인기 상품인데 올해는 신제품이 출시되어 매장에서도 힘을 쏟고 있다.

"점원이 쓰고 있으면 눈에 잘 띄지 않을까 싶어서요."

원래 대상 연령층은 좀 더 젊은 편이지만 이번 제품은 비교적 폭넓은 연령대가 부담 없이 선택할 수 있다는 점도 세일즈 포인트 가운데 하나다. 다만 오늘은 정수리 부분의 흰머리를 감추기 위해 쓰고 있었다.

"왠지 점장님이 갖고 있는 물건이라고 생각하면 저도 갖고 싶어진다니까요."

그렇게 말하면서 리넨 튜닉 상의에 스키니 팬츠를 입은 호사카가 매장의 모자를 손에 들고 거울 앞에 선다.

"잘 어울려요. 자, 이렇게 좀 깊이 눌러 쓰면 눈매도 예뻐 보이고."

그렇게 말하면서 사요코가 모자를 써보는 호사카 뒤에

서 모자의 차양을 만지며 매무새를 가다듬어준다.

"저는 점장님이 인스타그램에 소개하는 물건들, 꽤 많이 사요."

"아, 보고 있었구나."

SNS는 어디까지나 개인적인 용도다. 동료들 중에는 아는 사람도 있지만 일부러 알리진 않는다. 자사의 제품만 소개하는 것도 아니고 광고를 할 생각도 없다. 하지만 자신이 진심으로 마음에 드는 것만 소개하기 때문에 이렇게 참고한다는 얘기를 들으면 기쁘다.

여름이 절정이긴 하지만 서서히 여름 세일에 대해서도 고민해야 할 때다. 최근에는 모든 가게에서 세일을 시작하는 시점이 빨라지고 있다. 그만큼 오랜 기간에 걸쳐 가능한 제품의 판매 기회를 늘려나간다는 방침이다. 재고와 발주 리스트를 열고 있는데 점심 휴식 시간에 맞춰 매장을 나서던 호사카가 당황한 표정으로 돌아왔다.

"뭐 잊어버렸어요?"

"아뇨. 그게 아니고요. 지금 어린이집에서 연락이 왔는데 아들이 열이 난대요. 뭐 큰일은 아닌 듯하지만 당분간 등원시키지 말라고 해서요."

"큰일이네. 얼른 가보세요."

소곤소곤 작은 목소리로 이야기를 주고받는데 가게 안에 있던 손님이 말을 걸었다.

"이 샌들, L 사이즈 있나요?"

"바로 재고 확인해보고 오겠습니다."

사요코는 대답하면서 호사카에게 눈인사를 건넨다.

"죄송해요. 상황 보고 다시 연락드릴게요."

급히 돌아가는 호사카를 배웅하고 사요코는 재고 창고로 향했다. 저녁 무렵이 되어 스마트폰을 보니 호사카 씨에게서 메시지가 와 있다.

저는 아직 증상이 없지만 만에 하나 무슨 일이 생기면 안 되니까 당분간 출근은 안 하는 게 좋을 것 같습니다. 심려를 끼쳐 죄송합니다.

증상이 없어도 다른 사람에게 옮길 가능성이 있다. 이 감염병의 골치 아픈 지점이다. 따라서 이렇게 결정하고 행동하는 것은 자기 자신과 주변 사람을 지키기 위한 아주 바람직한 판단이다.

여기 일은 신경 쓰지 말고 몸조심하세요.

답장을 보내면서 분명 2주 정도 걸릴 거라 생각했다. 그동안은 사요코와 히로사키 두 사람이 교대근무를 하는 수밖에 없다. 눈 안쪽이 뻑뻑해졌다. 가방 안의 두통약에 손이 나갔다.

손님들의 발걸음이 뜸해지고 오늘은 이쯤에서 문을 닫아도 되겠지, 생각하면서 교대근무 표를 보는데 누군가 말을 걸어왔다.

"수고 많으시죠."

친근하게 말을 거는데 여자의 얼굴이 기억나지 않는다. 애매한 미소로 답했더니,

"저예요."

그 여자가 열을 잴 때처럼 자기 이마에 손바닥을 갖다 댔다.

"아, 과자 매장."

같은 층에 있는, 과자 만드는 재료와 도구를 파는 매장의 직원이다. 항상 삼각 머릿수건으로 이마를 가리고 앞치마를 두른 모습이어서 바로 알아보지 못했다. 몇 번이고 지나가면서 얼굴을 마주쳤는데도 이마를 가렸을 때와 가리지 않았을 때 이만큼 분위기가 달라지는구나 싶어 깜짝

놀랐다. 마스크까지 해서 얼굴의 반 이상이 가려져 있으니까 그럴 만도 하다. 머릿수건을 둘렀을 때는 나이가 들어 보였는데 이렇게 보니 꽤 젊다. 아마도 사요코보다 열 살 이상 어릴 것이다.

"친구가 아이를 낳았는데 작은 선물이라도 할까 하고요. 여기라면 할 만한 게 있지 않을까 해서 와봤어요."

"고맙습니다."

"혹시 추천해주실 만한 거 있나요?"

"예산은 어느 정도 생각하세요?"

"너무 거창한 거는 그렇고 2, 3천엔 정도면 어떨까 싶어요."

상대방이 부담을 느끼지 않을 만한 게 좋을 것이다.

"그럼 타올 같은 건 어떨까요? 타올은 몇 장 더 있어도 유용하고요. 아기 전용으로 쓰라고 전해주면 좋아하실 거예요."

매장을 안내하는데 얼굴을 들여다보듯 가까이 다가와서

"sayo 님 인스타그램 항상 잘 보고 있어요."

아까보다 한 톤 높은 목소리로 그렇게 말했다.

"그러세요?"

의외인 곳에서 팔로워들을 만나는구나 싶다.

"호사카 씨가 저희 가게에서 쇼핑을 자주 하시는데 그때 알려주시더라고요."

SNS의 세계는 넓으면서도 좁다.

추천한 타올로 바로 결정하고 선물용으로 포장하는 사요코에게 말한다.

"센스도 좋으시고 팔로워도 무척 많잖아요. 가게 물건은 더 많이 안 올리세요? 광고도 될 텐데."

"그냥 개인적으로 하는 거라……."

사요코는 그렇게 대답하며 말끝을 흐린다.

"실은 지금 저희 가게에서 오븐 기능이 달린 신상 가스레인지의 모니터링을 해주실 분을 찾고 있어요."

"모니터링이요?"

"직접 사용해보고 만약 마음에 드시면 물건에 대한 평가를 SNS에 올려주시면 되거든요. 여러 가지로 법적인 제약 같은 게 까다로우니까 마음에 안 드시면 당연히 안 쓰셔도 되고요. 아니면 이렇게 매장 부탁으로 제품 리뷰차 모니터링하는 거라고 솔직하게 적으셔도 돼요. 어떠세요?"

집요한 시선에 숨이 막힐 듯하다.

"네? 제가요?"

"괜찮으시다면요. 점장님께 sayo 님 인스타그램 얘기를 했더니 꼭 좀 부탁드리고 싶다고. 그래서 제가 대표로 직접 이렇게 여쭤보러 온 거예요."

선물 이야기는 핑계인가.

아기 피부에도 부드러운 유기농 면. 베이지색이 피부와 잘 어울려서 쓸 때마다 엄마의 마음을 따뜻하게 감싸줄 거라 생각해서 추천한 건데 타올이 어쩐지 불쌍하게 느껴졌다.

"이달 말까지 모집하니까 관심 있으시면 꼭 신청해보세요."

여자는 포장한 선물을 거칠게 받아들고 제품 사진이 크게 실린 팸플릿을 건넸다. 번쩍번쩍 새빨간 상자형 가전은 인터넷 뉴스에서 본 적이 있다. 짧은 시간에 프로 수준의 맛을 낼 수 있다며 좋은 평을 받고 있었다.

'진짜 선물 아니면 어때. 아가도 엄마도 틀림없이 좋아해줄 테니 안심하렴.'

옅은 핑크색 포장지 위에 아이보리색 리본 스티커를 붙인 선물 꾸러미를 향해 사요코는 마음속으로 그렇게 말을 건넸다.

출퇴근 인파가 많은 역이라서 토요일과 일요일에는 손

님이 평일의 절반 이하다. 쇼핑몰 안에는 주말에 쉬는 매장들도 생겨났다. 토요일과 일요일에는 사요코와 히로사키가 교대로 쉬고 평일은 두 사람 체제로 꾸려나가고 있었다.

"내일부턴 호사카 씨도 복귀하네요."

다행히 아들은 가벼운 여름감기였다고 한다. 만약을 위한 2주간의 자가격리도 오늘까지다.

"그럭저럭 둘이서 잘해왔네요. 히로사키 씨도 수고 많았어요."

"점장님이야말로요. 그러고 보니 본사에서 충원해준다는 얘긴 어떻게 되었나요?"

"호사카 씨가 돌아오면 일단 충원 없이 가려고 하는데…… 많이 힘드세요?"

"저기……."

히로사키가 말을 끊는다.

"가을부터 휴가를 쓰려고 하는데요."

부담이 컸던 만큼 컨디션이 나빠진 걸까. 사요코는 합장한 두 손을 얼굴까지 올린다.

"너무 무리하게 했죠. 미안."

믿음직한 만큼 그동안 많이 기댔던 것이 사실이다. 사요

코가 미안함에 어쩔 줄 몰라 하는데

"아니에요. 아뇨, 일 때문이 아니라 실은 지금 6개월째예요."

히로사키가 배 위에 손을 얹었다.

"임신? 와, 축하해요."

히로사키는 올해 서른여덟 살이다. 결혼을 이십 대 중반에 했다고 들어서 아이는 일부러 갖지 않는 거라 생각하고 있었다.

"실은 계속 난임 치료 중이었어요."

"그랬구나. 그것도 모르고 일을 너무 많이 시켰네. 몸은 괜찮아요?"

"완전 건강해요. 움직이는 게 좋다고 의사 선생님도 말씀하셨고요. 만삭 때까지 일할 거예요. 하지만 그전에 근무할 사람도 정해져야 하니 점장님께 미리 말씀드려야겠다 싶어서요."

호사카의 복귀 날짜가 정해지기 전까진 말을 꺼내기 어려웠을 것이다. 미안했다.

"가게는 괜찮아요. 그보다 나이가 적지 않으니까. 일단 몸 돌보는 걸 가장 먼저 생각해야 해요."

"고맙습니다."

언제나 빠릿빠릿한 히로사키가 부드러운 미소를 보이며 고개를 끄덕였다.

집에 갈 준비를 하려고 스마트폰을 열었더니 대학 시절 친구들이 모여 있는 그룹 채팅창에 메시지가 도착해 있었다. 두 시간쯤 전에 첫 번째 메시지를 보낸 것은 미즈에다. 벌써 몇 통의 메시지를 주고받은 상태였다.

'아기?'

미즈에의 맨 처음 메시지에는 담요에 폭 싸인 신생아 사진이 첨부돼 있다. 미즈에에겐 올봄에 막 사회에 진출한 딸과 내년에 성년의 날을 맞이하는 대학생 아들이 있다.

'설마…… 셋째……?'라고 잠깐 생각했다. 아, 냉정하게 다시 생각해보니 역시 그럴 리가. 난임 치료 기술이 아무리 발전했다고 해도 이 나이에 출산이라니 방송국에서 찾아올 일이다. 메시지를 거슬러 올라가 살펴본다.

우리 중 첫 손주네.

할머니, 축하해.

친구들의 메시지가 이어진다. 이 사진 속 아기는 딸의

아이다. 흰머리도 갱년기도 당연하다. 우리도 이제 손주가 생길 나이가 된 것이다.

엄청 귀엽다. 미즈에 닮은 거 아니야?

답장을 한다. 사이가 좋았던 친구들은 모두 결혼 후 금방 일을 그만뒀다. 육아를 마치고 복귀한 사람도 있지만 대부분 파트 타임으로 일했다. 사요코처럼 결혼하지 않고 계속 달려온 사람은 없다. 그러자 사요코의 답장에 몇몇이 반응을 보였다.

사요코 인스타그램 잘 보고 있어.
우리 나이에 열정적으로 일하는 거 대단해.
우리 딸, 며칠 전에 사요코가 일하는 숍에서 쇼핑하고 왔더라.

대단한 일일까. 멋진 일일까. 관둘 이유도 없고 관두면 생활이 불가능하니까 계속해왔을 뿐인데. 전력 질주를 관두면 모든 것이 멈춰버릴 것 같은 불안감이 있을 뿐이다.

관자놀이가 다시 지끈거린다. 호흡을 고르려고 하지만 숨을 깊게 쉴 수 없다. 최근에는 조금만 먹어도 배탈이 난다. 갱년기의 전형적인 증상이 이어지고 있다. 쫓기는 듯한 나날은 앞으로도 계속 이어질 것인가. 머릿속에서 자신에게 했던 말이 다시 반복된다. 이제 오십 대인데 이삼십 대 때와 똑같이 언제까지 계속 일해야 하냐고⋯⋯.

스마트폰을 집어넣으려고 손에 든 가방 안에서 새빨간 가전 사진이 얼굴을 내밀고 있다. 앞으로의 일을 생각하면 다른 삶의 방식을 찾아야 할 시기일지 모른다. SNS로 수입을 얻는다는 것은 상상해본 적도 없지만 재택으로 돈을 벌 방법이 있다면 그것도 선택지 가운데 하나가 될 수 있다. 그렇게 자기 자신을 설득하고 카운터 위의 펜을 집어 든다. 사요코는 팸플릿의 제품 배송지 입력 칸에 집 주소를 적었다.

바깥 공기를 쐬면 조금 편안해질 거라 생각했는데 집에 도착해도 두통은 전혀 가라앉지 않았다. 문 앞에서 열쇠를 꺼내려고 가방에 손을 넣는다. 지갑의 태슬에 열쇠가 걸려서 잘 빠지지 않는다. 간신히 꺼냈더니 파우치까지 같이 딸려 나와 바닥에 내동댕이쳐졌고 반쯤 열려 있던 파우치에서 내용물이 쏟아져 나왔다. 그걸 보며 멍하니 꼼짝 않고 서 있었다.

'아니야.'

머리가 아픈 탓이 아니다. 눈물이 자연스럽게 쏟아져나왔다.

'이건 이십 대나 삼십 대가 일하는 방식이 아니야.'

그들은 정신적으로 힘들면 쉬고 가족이 아프면 조퇴하고 제때 결혼하고 아기도 낳으면서 출산휴가와 육아휴직을 제대로 쓴다. 그게 지금의 젊은 세대다. 몸을 극한까지 밀어붙이면서 일에 모든 걸 쏟아붓는 생활 따위 아무도 하지 않는다. 자신은 계속 달리기만 하느라 다른 많은 것들을 잊고 살아온 건 아닐까.

열쇠로 열고 들어간 집 안은 더없이 고요하다. 거실에 장식해놓은 꽃이 시들어 꽃봉오리가 떨어져 있었다. 부엌에는 며칠 전 아침 식사 때 사용한 나무 그릇이 설거지 건조대에 엎어진 상태 그대로 놓여 있다. 너무 바빠서 집안일도 제대로 못 했다. 사요코는 자신이 질릴 정도로 크게 한숨을 내쉬었다. 스툴 위의 화병을 붙잡고 시든 꽃을 음식물 쓰레기 봉투에 담고 탁해진 물을 싱크대에 버리고 꽃병은 재활용 쓰레기를 모으는 상자에 버렸다. 유리 화병이 빈 캔에 부딪히며 깡, 하고 듣기 거북한 소리를 냈다.

"셀프입니다."

사요코가 의자에 앉으니 검은색 앞치마를 두른 주인이 베이지색 그릴 세트를 카운터 위에 올렸다. 20센티쯤 되는 크기의 정사각형 모양 규조토 위에 석쇠가 올려져 있고 안에는 빨갛게 달아오른 숯이 들어 있는 모양새다. 이렇게 무더운 날씨에 어울리지 않는데…… 이상하게 여기며 물었다.

"화로인가요?"

주인이 위아래로 고개를 크게 끄덕였다.

무엇에 홀린 듯 집 안 정리를 마치고 나니 갑자기 물건이 확 줄었다. 지금처럼 바쁠 때는 그편이 관리하기 쉽다고 생각했기 때문이다. 시간을 줄여주는 가전제품을 이용해 조금이라도 편하게 지내보자고 생각했다. 시간이 날 때는 온라인 비즈니스 강좌에도 참석해보았다.

하지만 홧김에 정리한 집안은 갑자기 물건들이 사라져서 텅 비어 보인다. 거실은 그저 무미건조한 곳이 되었을 뿐 더 이상 사요코를 따뜻하게 품어주는 장소가 아니다. 집에 있는 동안 편히 쉴 수 없게 되었다. 일이 끝나도 바로 돌아갈 기분이 안 든다. 날이 어두워져도 더위가 가시지 않는다.

도망치듯 상점가에 있는 서점 안으로 들어가니 에어컨이 추울 정도로 세다. 아무 생각 없이 경제경영서 코너를 살펴본다.

《일하는 방식을 바꿔라》《직원은 절반, 매출은 두 배》…… 이런 제목들만 눈에 들어온다. 밀려드는 압박감에 토할 것 같다. 괴롭다. 벗어나고 싶지만 결국은 손에 쥐고 만다. 하지만 책의 페이지를 들춰봐도 머릿속에 들어오지 않는다. 책꽂이에 다시 꽂으려는데 옆 칸에 있는 책 한 권의 제목에 손길이 멈춘다.

《나를 돌본다》

'나를 돌본다……'

어디선가 들어본 것 같다.

눅진한 열기와 함께 그날의 기억이 머릿속에 되살아났다. 열사병을 일으킬 것 같던 그 순간 손을 내밀어준 카페 주인이 했던 말이다. 그것이 메뉴 이름이라고 고백하면서 차가운 감주를 내어주었는데. 확실히 상점가에서 옆으로 들어간 골목에 있었다. 고맙다는 인사를 하러 가자. 그렇게 구실을 만들고 서점에서 나왔다.

골목 입구에 간판이 나와 있었다. 1인 전용 카페 도도. 그 밑에 카드가 붙어 있는데 '나를 돌보는 달콤한 디저트가 있습니다'라고 손글씨로 적혀 있다.

"정말로 그런 메뉴였구나."

밤이 되어도 무더운 날씨가 연일 이어지고 있지만 오늘 밤은 그나마 보내기 수월하다. 카페로 이어지는 골목길을 따라 나무들이 조용히 흔들리고 있다. 사요코는 하늘색 출입문에 붙은 금색 손잡이를 살짝 당겼다.

"어서 오세요. 카페 도도에 오신 걸 환영합니다."

검은색 앞치마 차림의 주인에게 사요코가 눈인사를 건넨다.

"지난번엔 감사했어요. 덕분에 무사히 집에 돌아갈 수 있었네요."

"여름도 곧 끝납니다."

주인이 혼잣말을 중얼거렸다고 생각하는 찰나 퍼뜩 떠오른 것인지,

"오늘의 나를 돌보는 달콤한 디저트는 감주가 아닌데요."

그러면서 사요코의 얼굴을 쳐다보았다. 어차피 메뉴의 구체적인 내용물은 아무래도 상관없었다.

"괜찮아요. 그냥 나를 돌봐주고 싶어서요."

그렇게 해서 등장한 것이 바로 이 화로였다.

"이걸 구우시면 돼요."

주인이 내민 것은 쇠꼬치에 꽂은 한입 크기의 말랑한 마시멜로. 옅은 핑크색과 흰색이 여름 축제의 화려함을 떠올리게 한다.

"마시멜로군요."

마시멜로를 구우면 식감이 녹아내릴 듯 변한다. 캠핑이나 바비큐 파티에서 인기 있는 디저트다. 화로 위에서 쇠꼬치를 대굴대굴 굴리다 보니 순식간에 색깔이 변했다.

"이거 위로받는 느낌인데요."

나를 돌보는 달콤한 디저트답다. 뜨거운 마시멜로를 입으로 가져간다.

"마시멜로를 뭘로 만드는지 아세요?"

선생님이 학생에게 묻는 것처럼 주인이 묻는다. 마시멜로는 예전에 매장에서 판매한 적도 있다.

"머랭에 젤리를 넣어 굳힌 거잖아요."

"아, 지금은 그렇게 만들긴 하는데요."

"원래는 아닌가요?"

사요코는 두 번째 마시멜로를 구우면서 묻는다.

"양아욱이라는 식물 뿌리에서 채취한 전분과 꿀을 섞은 거예요."

원래 목캔디로 만들어졌다고 한다.

"양아욱의 속명은 알타이아인데 그 어원이 뭐일 거 같으세요?"

들어본 적 없는 식물이다. 어원 같은 걸 알 리 없다.

"모르겠어요."

"치료, 예요."

갓 구운 마시멜로를 들고 호호 불며 열심히 먹던 손이 멈췄다.

"치료요?"

"네. 약초니까요."

주인이 안경 속 길쭉한 눈을 반짝이며 양손을 벌렸다. 행동하는 모양새가 마치 과학자나 박사 같다. 그러고 보니 갸름한 얼굴에 길고 샤프한 인상이 하얀 가운을 입으면 잘 어울릴 것 같은 외모이기도 하다.

"그래서……."

나를 돌보는 달콤한 디저트. 사요코는 석쇠 위에서 옅은 갈색으로 바뀌며 끈적하게 녹아가는 마시멜로를 사랑스러운 눈으로 쳐다보았다.

"그리고, 이것 좀 보세요."

주인은 주방의 재료 보관함에서 마시멜로 하나를 꺼내 오른손 엄지와 검지 사이에 끼우고 지긋이 눌렀다가 힘을 뺐다가 했다. 그때마다 마시멜로는 말랑말랑 실리콘으로 만든 작은 공처럼 늘어났다가 줄어들었다.

"힘을 조금 가한다고 해서 허물어지거나 하지 않아요."

실험 중인 박사 같은 모습의 카페 주인이 탄력 있는 마시멜로를 보면서 눈웃음을 짓는다.

"사람 마음도 이렇다면 좋겠네요. 금세 짜부라지지 않게요."

약간의 변화에 허물어지지 않는 유연성이 있으면 쉽게 마음이 꺾이는 일은 없을 것이다.

"그래서 내가 나를 돌보는 게 중요한 것 같아요."

지난번에 왔을 때도 들었던 말이다.

"저 자신한텐 그렇게 말해주고 있어요. 다만 후배나 동료들이 서로 어울려 일하기 편하게 챙기는 게 제 일이니까 나는 나중에, 하면서 뒤로 미루게 되네요."

함께 일하는 사람들이 원하는 것은 가능한 한 귀를 열고 들어주었다고 생각한다. 본사 직원들도 배려해서, 그 한계 안에서 어떻게든 꾸려나가려고 애썼다.

"그게 정말로 그 사람들을 위한 일이에요? 혹시 본인이 그렇게 하고 싶어서 한 건 아니고요?"

주인이 조심스럽게 그런 말을 했다.

움찔했다.

후배를 챙기는 멋진 점장, 회사에 걱정거리를 안기지 않는 베테랑 직원. 물론 그렇게 평가받는 것도 기뻤다. 그렇게 자기만족만 채웠을지 모른다. 좀 더 일찍 충원을 했더라면 히로사키도 거리낌 없이 더 편하게 출산휴가 얘기를 꺼낼 수 있었을 것이다. 좀 더 여유가 있었다면 어쩌면 대학생인 다치바나도 지금처럼 힘들어하는 일 없이 잘 지냈을지 모른다.

"타인에게 맞춘다는 거."

주인이 여전히 손가락 사이에서 늘었다 줄었다를 반복하는 마시멜로를 사랑스럽게 바라보며 조용히 입을 연다.

"네?"

"말하는 건 쉽지만 진짜 그렇게 행동하는 건 쉽지 않죠."

그렇게 중얼거리면서 마시멜로를 옆에 있는 작은 접시에 올려놓았다.

사요코는 전에 보았던, 유명한 미용실 홈페이지에 적혀

있던 문장을 떠올리며 자신이 아무렇지 않게 입에 올렸던 말들을 반추한다. 이럴 때니까, 이럴 때일수록……. 편리하고 듣기 좋은 문구가 무책임하게 흩뿌려져 있었다. 그리고 자신 또한 그런 경솔한 말들을 아무렇지 않게 내뱉곤 했다.

주인이 카운터의 맞은편 창가를 바라본다. 창밖에서는 잎이 무성한 나무들이 바람에 흔들리고 있었다.

"급하게 자란 나무는 연약해요. 하지만 시간을 들여 변화해가는 나무는 단단하거든요. 자신을 돌본다는 건 그런 게 아닐까요?"

유리병에 들어 있는 초에 불을 붙이고 사요코 앞에 둔다. 주황색 불빛이 주변을 따뜻하고 부드럽게 비추었다.

"천천히 변화하기."

나이가 들어감에 따라 서서히 나이에 나를 맞춰 바꾼다는 말처럼 들린다. 촛불의 불꽃이 미묘하게 흔들리고 있다.

"급히 뛸 때는 볼 수 없는 것도 속도를 늦추면 보입니다."

속삭이는 듯한 주인의 목소리가 천천히 귀에 스며들었다. 고개를 드니 주인이 카운터 옆에 있는 책장을 바라보고 있었다. 그 옆 기둥에는 도도새의 일러스트가 들어 있는 작은 액자가 걸려 있다.

"어치는 말이죠."

주인이 갑자기 도도와는 다른 새의 이름을 언급했다.

"겨울에 대비해 식량을 모을 때 저장고를 여기저기 여러 개 준비한답니다. 나무줄기나 이끼 틈에요. 그렇게 해두면 혹시라도 저장고 하나가 눈에 파묻히거나 다른 동물에게 발견되어도 안심할 수 있으니까요."

책장에서 한 권의 책을 꺼내 든다. 새를 찍은 사진집이다.

"여러 개의 저장고를 만든다는 건 어치 나름의 리스크 관리군요."

사요코가 주인이 건네준 사진집의 페이지를 들춘다.

여러 개의 저장고……. 그것은 자기 안에 다양성을 만드는 것과 비슷하다. 하나의 역할에만 연연하지 않고 다양하게 자기 모습을 가꿔나갈 수 있으면 어떻게든 될 것이다. 사요코가 좋아하는 물건들을 SNS에 올리는 일 또한 자기 안의 작은 저장고다.

그 빨간색 가전은 반납하는 게 좋겠다. 집 안도 예전처럼 내가 좋아하는 것들로 꾸며놓자. 사요코는 마지막 남은 마시멜로를 입 안에 넣으면서 그런 것들을 생각하고 있었다. 마시멜로처럼 강인하면서도 유연한 사람이 될 수 있을까, 하는 생각도 해본다. 서두를 필요는 없다. 천천히, 서서히 나아가면 되니까.

"고맙습니다."

계산을 마친 사요코가 가볍게 눈인사를 하자,

"고맙다는 인사는 자신에게."

주인이 그렇게 답했다. 나를 돌보는 달콤한 디저트의 마무리 멘트인 모양이다.

"그리고, 제가 드리는 서비스입니다."

주인은 빙 돌아서 카운터 옆의 책장 앞에 섰다. 새 사진집을 원래 자리에 갖다 놓으려나 했더니, 다시 한 번 같은 책을 꺼내 보였다.

"이 책이 무슨?"

사진집을 주겠다는 건가.

"아니요. 그게 아니고요."

주인이 안절부절못한다.

"어떡하지…… 이 책장 전체를 드릴 수도 없고."

중얼거리는 주인의 모습을, 사요코는 이상하게 생각하며 쳐다본다.

"말인즉슨 이거예요. 책으로 가득 찬 책장에서 책 한 권을 꺼내요. 그러면 빈 공간이 생기잖아요."

"네."

"부디 마음에도 빈 공간을, 이라고요."

"아!"

예상치 못한 말에 사요코는 상쾌한 기분이 들었다.

"책은 괜찮습니다. 마음만 받을게요."

고개를 내젓는 사요코에게 주인은

"그럼 이건 어떠세요?"

그렇게 말하면서 방금 꺼낸 사진집 옆의 책을 꺼낸다.

"음……."

의미를 알지 못한 채 사요코는 당황한다.

"옆을 본다는 뜻입니다. 이 사진집을 선택했다고 생각했는데 옆에 있는 책을 보니 그게 더 마음에 든다, 그렇게 새로운 걸 발견했다. 쇼핑을 하다 보면 그럴 때 있잖아요?"

방금 나의 모습이네, 하고 사요코는 생각했다. 에어컨 바람을 찾아 들어간 서점에서 경제경영서를 보는 사이 다른 책을 발견했고 결국 이 가게를 방문하게 됐다. 곁눈질하고 옆길로 샌 덕분이다.

사요코는 마음속으로 눈인사를 했다.

'숲속 카페에게 고맙다. 그리고 열심히 사는 나에게도.'

달콤한 돌봄 디저트 덕분에 컨디션이 좋아졌는지 조금

멀리 돌아서 집에 가고 싶어졌다. 걷는 동안 사요코의 머릿속에서 차례로 아이디어가 떠올랐다.

예를 들면 매달 상순과 하순으로 나눠서 가게 문 여는 날을 집중적으로 배치해보면 어떨까. 사요코가 선택한 작가의 수공예품을 소개한다거나 이벤트를 여는 것도 괜찮을지 모른다. 영업일이 줄어드는 대신 신규 고객이 유입된다면 일하는 데 여유도 생기고 보람도 느낄 수 있다.

그리고 무엇보다, 혼자서 짊어질 필요는 없다.

'팀으로 일하는 장점이라고 생각해요.'

그렇게 말해주는 동료가 있으니까. 기대는 용기, 의지하는 용기를 가져도 된다.

길을 건너니 소박한 간판이 나와 있었다.

'개방형 1인실로 운영되는 헤어 살롱입니다. 안심하실 수 있습니다. 부담 없이 문의 바랍니다.'

예약용 전화번호에 스마트폰 카메라를 갖다 댄다.

화로의 숯은 아직도 빨갛게 타오르고 있습니다. 소로리는 작은 접시에 놓여 있던 마시멜로를 구워보았습니다. 그

리고 종이상자에서 무언가를 꺼냅니다. 얇게 구운 쿠키입니다. 코를 가까이 대고

"향긋하다."

그렇게 중얼거리는 모습을 보니 생강 쿠키입니다.

화로 위의 마시멜로가 구워져 부풀어 올랐습니다. 소로리는 쇠젓가락으로 마시멜로를 집어 들고 쿠키 위에 올린 다음 또 한 장의 쿠키로 덮었습니다.

"스모어다."

소로리가 기쁜 표정으로 말합니다. 그레이엄 크래커 사이에 초콜릿과 마시멜로를 끼워 샌드로 만들어 먹는 스모어와 비슷한 간식이 될 것 같습니다. 생강 쿠키와 마시멜로의 조합으로도 충분합니다. 바삭하게 씹히는 소리가 여기까지 들려왔는데 무척 맛있는가 봅니다. 재료 보관함에서 다시 마시멜로를 꺼내와 굽기 시작합니다. 아무래도 이 자리가 금방 정리될 거 같진 않네요.

멀리서 벌레 소리가 들려왔습니다. 무더운 여름도 드디어 끝나는 걸까요.

* 4장 *

숲의 선물

**버섯
타르트**

바스락 바스락.

소로리가 카페 도도의 마당을 걷고 있습니다. 청바지 차림에 검은색 고무장화를 신고 손에는 대나무로 만든 갈퀴를 들고 있습니다. 발로 땅을 밟을 때마다 바삭바삭 소리를 내는 것은 빨강과 노랑으로 물든 낙엽입니다. 카페 도도는 마치 작은 숲처럼 단풍나무와 느릅나무에 둘러싸여 있습니다. 해가 지는 시간이 빨라졌다고 느껴지는 즈음부터 초록으로 무성했던 나뭇잎들은 붉게, 노랗게 조금씩 물이 들어가다 한 장 한 장 잎을 떨구어갑니다.

어느 날 아침, 소로리가 가게에 도착하니 마당에 불쑥

낙엽의 언덕이 생겼습니다. 가을은 급한 발걸음으로 찾아옵니다. 소로리는 갈퀴를 앞뒤로 움직이며 낙엽 언덕을 허물어뜨리고 있습니다. 쓰레받기로 모으려는 걸까요. 아니면 마당 한구석에 밀어두는 걸까요. 그 어느 쪽도 아닌 것 같습니다. 낙엽을 마당 한가운데 끌고 와서 펼치고 있습니다. 마당 전체에 낙엽을 깔고 싶은가 봅니다.

"아직 멀었네."

갈퀴를 한 손에 들고 또 한 손은 허리에 대고 작은 숲을 빙 둘러보고 있습니다. 마당 한가운데는 테이블 세트가 하나. 테이블 위에도 두세 장의 잎이 바람에 나부끼고 있습니다. 혼자 앉을 수 있는 테이블 세트 하나가 이 공간의 최대치입니다. 의자를 하나 더 늘리면 답답해질 정도로 좁은 마당입니다. 그런데도 주변에 낙엽을 까는 일은 좀 더 시간이 걸릴 것 같습니다. 소로리는 허리를 숙이고 잎 한 장을 손으로 집었습니다.

"잎의 가운데 부분까지 세 갈래로 갈라지는데 중국단풍나무일까. 이건 잎이 다섯 갈래로 갈리는 단풍 친구네. 미국단풍나무일까."

그렇게 중얼거리면서 한 장 한 장 주의 깊게 잎을 주워서 포개어나갑니다. 다양한 색깔의 잎이 소로리의 손가락 끝에서 빛나고 있습니다. 그렇게 웅크리고 앉아 있던 소로리가 갑자기 땅을 응시한 채 손을 멈췄습니다.

"이런 곳에……."

얼굴을 점점 땅에 가까이 가져가서 카메라가 줌 업을 하듯 당겨보니 작은 버섯이 눈에 들어옵니다. 작고 동그란 버섯갓이 꼭 우산을 쓰고 있는 것처럼 보입니다. 한참을 지긋이 쳐다보며 고개를 갸웃거리다가 소로리는 일어섰습니다. 버섯 채집은 포기한 듯합니다. 다시 손가락 끝의 낙엽을 만족스럽게 바라보다 손목을 위아래로 흔드니 사각사각 스치는 소리가 들립니다.

"열매들의 말소리가 들리네."

바스락바스락. 낙엽을 밟으며 가게 입구로 향했습니다.

"사람을 잘 만나지 않으니까 헤어스타일 같은 건 거의 신경을 안 쓰게 되네요."

스마트폰을 만지작거리며 말하는 손님의 목소리에,

"재택근무 많이 하세요?"

다니 아야카는 염색약을 섞던 손길을 잠시 멈추고 고개

를 들었다.

"그렇죠. 윗분들이야 일주일에 한 번 정도는 출근하길 바라는 눈치지만 어쨌거나 자율제라서요. 그래도 한 달에 두세 번은 나가지만요."

반년 만에 찾아온 이 손님은 염색만 예약했다. 예전엔 한 달에 한 번 커트와 염색, 경우에 따라선 펌과 헤어클리닉을 할 때도 종종 있었다. 미리 하고 싶은 스타일을 SNS나 인터넷 기사로 찾아보고 오는 듯, 스마트폰에 저장한 사진을 여러 장 보여주면서 원하는 이미지를 알려주곤 했다. 그녀처럼 자기 취향이 확실한 손님은 드물고 보통의 손님들은 머리 길이나 원하는 이미지도 딱히 없이 헤어디자이너에게 전부 맡기는 편이다.

아야카는 미용전문학교를 졸업한 후 고향의 미용실에 취직했다. 지방 도시, 역 앞에 있는 매장이었는데 예전부터 미용실이 많은 그 근방에서도 세련된 곳으로 이름이 나 있어서 이십 대부터 삼십 대까지 유행에 민감한 고객들이 주로 찾아왔다.

2년 정도 어시스턴트 기간을 거쳐 스타일리스트가 되었다. 단골도 생겼고 매장에 따라 다르지만 통상 5년 정도 걸린다고 하는 톱 스타일리스트로 3년 만에 승진했다. 그대로 그 미용실에 남아 디렉터와 대표 스타일리스트라는 타이틀을 목표로 일할 수도 있었다. 하지만 좀 더 유행이 빠른 환경에서 기술을 익히고 싶었다. 그런 마음으로 도쿄로 상경했다. 막 스물다섯 살이 되었을 때로, 3년 전 일이다.

이직한 곳은 도쿄 시내 중심에 있는 미용실로 프랜차이즈 헤어 살롱이다. 아야카가 배치된 지점은 예전 골목상권 분위기가 남아 있는 상점가 한켠에 있었다. 고객들은 전에 일하던 매장보다 연령대가 높고 고객 성향 또한 일부러 찾아온다기보다는 근처니까 오는 경우가 많았다. 목덜미까지 자란 머리카락을 정리하는 정도의 커트에 나머지는 흰머리 염색. 실력 향상은커녕 아야카가 지금까지 습득한 기술을 선보일 기회도 거의 없다.

"저거, 그림책이에요?"

무심하게 염색약을 바르고 있었을 것이다. 손님의 새된 목소리에 정신이 돌아왔다. 책꽂이에 장식된 책을 가리킨다. 뒤에 있는 책장이 거울에 비치고 있었다.

"네. 어른용 그림책이에요. 외국 작가 책이고요."

"봐도 될까요?"

"네, 그럼요."

이런 대화 흐름에서는 '네, 그럼요.'라고 대답할 수밖에 없다. 미처 칠하지 못한 부분이 없는지 목덜미 부분을 체크하고 나서 랩으로 머리 전체를 감쌌다.

"이대로 30분 정도 계실게요."

책장에서 책을 꺼내 손님에게 건넸다. 종이에 달라붙은 바이러스는 이삼일은 생존한다고 한다. 당분간 가게에 둘 수 없게 됐다. 아야카는 가벼운 한숨을 내쉬었다.

아야카가 일하는 스노우 헤어는 모든 매장이 개방형 1인실로 되어 있다. 어시스턴트가 샴푸와 염색을 담당하는 미용실도 많지만 여기서는 헤어디자이너 혼자 한 사람의 고객을 처음부터 끝까지 담당한다. 손님이 편히 쉴 수 있게 해드린다는 콘셉트인데 때마침 사회적 거리두기가 요구되는 분위기에서 다른 손님과 쉽게 마주치지 않는 1인실인데다 시술받는 인원도 한정돼 있다는 게 강점으로 작용했다. 안심하고 다닐 수 있는 곳을 원하는 손님들이 코로나 시국에 갑자기 늘어났다. 그에 발맞춰 '안심, 안전'을 세일즈 포인트로 잡고 방역에는 과도할 정도로 신경을 쓰고 있다.

"뜨겁거나 하진 않으실까요?"

20분쯤 지나서 일단 랩을 벗기고 체크를 해보니 염색은 예쁘게 되었다. 손님이 고개를 끄덕이며 그림책에서 얼굴을 들었다.

"이 책 좋네."

"그림도 그렇지만 문장도 좋지 않으세요?"

"정말로. 단어 선택이 하나하나 너무 아름답다. 작가는 영국인인 모양이네."

표지의 커버에 적혀 있는 소개 글을 아야카에게 보여주며 손님이 말한다.

"맞아요. 그만큼 번역가 역할이 큰 거 같아요."

개방형 1인실의 인테리어는 담당 헤어디자이너에게 맡겨진다. 책을 좋아하는 아야카는 책장에 자신이 좋아하는 그림책과 잡지를 꽂아두고 손님들이 자유롭게 읽을 수 있게 하고 있었다. 꽃병에는 그 계절의 꽃을 장식하고 가볍고 폭신한 무릎 덮개도 갖다 놓는다. 서비스로 제공하는 음료는 일회용 컵이 아닌 도자기 컵에 담는다.

그런데 이런 것들이 바이러스 예방의 관점에서는 마땅치 않다. 대기시간에 제공하던 잡지 대신에 태블릿을 건넨다. 최신 잡지를 다운로드할 수 있는 태블릿은 각 매장에 지급되어 손님이 사용할 때마다 소독을 한다. 무릎 덮개는 더 이상 두지 않으며 음료 서비스도 없어졌다. 아야카도 책과 꽃병을 없애는 편이 안심할 수 있다고 판단했지만 그러면 너무 삭막할 것 같았다. 고객의 손이 닿지 않는 위치에 책장을 두고 몇 권의 그림책을 장식용으로 꽂아두었다.

"이 고바시 가에라는 분이 번역한 거죠?"

"네. 저는 이분이 번역한 책을 몇 권 읽어봤는데 전부 다 좋았어요."

물론 번역가를 보고 책을 선택하는 건 아니다. 우연히 읽어보고 마음에 든 책이 같은 번역가였을 뿐이다.

"덕분에 좋은 책을 알게 됐네요."

그렇게 말하면서 손님이 자신의 스마트폰 카메라를 책 쪽에 댔다.

"태블릿으로 잡지도 읽으실 수 있어요."

앞으로 5분 후쯤 샴푸를 하겠다고 전달하고 일단 그렇게 말은 해둔다.

"네. 하지만 역시 책은 종이가 보기 편하지."

그 기분은 잘 안다. 아야카도 종이책이 아직 더 편하고 태블릿으로 잡지를 보거나 책을 읽고 싶은 건 아니다. 그래도 지금은 어쩔 수 없지 않은가. 그 딜레마도 알아주면 좋겠다. 아야카는 애매하게 미소를 짓고 샴푸 준비를 했다.

소로리는 마당에서 주운 낙엽을 주방 테이블에 나란히 올려놓았습니다. 그런 다음 카운터 밑에서 손잡이 달린 바구니를 꺼내 낙엽을 한 장 한 장 넣습니다. 바구니에는 이미 많은 것들이 들어 있습니다. 솔방울과 모밀잣밤나무의 열매, 작은 나뭇조각……. 전부 소로리가 카페 도도의 숲에서 산책하다 발견한 것들입니다. 조금씩 양이 늘어나는 바구니를 만족스럽게 들어 올리는가 싶더니 문득 떠오른 듯 책장을 쳐다보았습니다. 그리고 한 권의 책을 꺼냈습니다. 진지하게 페이지를 펼치고 고개를 갸웃거립니다.

"음, 비슷하긴 한데 전혀 종류가 달라. 갓 부분의 모양은 똑같지만 대가 이만큼 굵지는 않았어."

펼쳐놓은 페이지에는 섬세한 버섯 그림이 그려져 있고 상세한 해설이 달려 있습니다. 도감일까요.

"다른 종일지도 모르겠네."

페이지를 계속 들추다 손을 멈춥니다.

"아니, 이건……."

놀란 듯 말하는가 싶더니 책을 짚고 있던 손을 들어 올렸습니다.

"해골 표시다."

무슨 말을 하는 걸까요. 버섯 도감에 해골? 아, 알겠네요. 독이 든 버섯이라는 표시군요. 소로리가 마당에서 발견한 버섯이 어쩌면 독버섯일지도 모르겠습니다.

"캐지 않길 잘했네."

소로리가 휴, 안심하는 표정을 지어 보입니다. 물론 손으로 만진다고 해서 독이 퍼질 리는 없습니다. 그래도 캐지 않는 편이 나으니까요. 마음을 가다듬고 냉장고에서 양송이버섯이 든 팩을 꺼냅니다. 안심하세요. 아까 소로리가 채소 가게에서 사 온 양송이입니다. 오늘 밤엔 이걸 가지고 뭔가를 만들려고 합니다.

"자, 그럼."

그렇게 소리 내어 말하고 검은색 앞치마의 끈을 묶었습니다.

"반갑습니다. 예약하신 분 성함이 어떻게 되시죠?"

접수 카운터의 기타미가 발랄한 목소리로 손님을 맞이한다.

"열한 시에 예약한 다노가미입니다."

"담당은 다니 선생님이지요?"

자리를 준비하면서 아야카가 입구를 보니 접수 카운터에서 기타미가 PC의 예약화면을 보면서 확인을 하고 있었다.

"고객님, 안녕하세요."

얼굴을 내밀며 인사를 한다.

"어머, 다니 선생님. 너무 오랜만에 왔죠."

다노가미가 부끄러운 듯 머리에 손을 올렸다. 아야카가 이 가게에 들어왔을 때부터 단골인 육십 대 손님이다. 흰머리를 염색하지 않고 은발의 긴 머리 스타일을 유지하기 때문에 미용실에 오는 건 계절에 한 번꼴이었는데, 그간 코로나 때문에 방문을 미루었을 것이다. 약 2년 만이다.

"그럼 먼저 체온 재겠습니다."

기타미가 장난감 권총 같은 모양의 체온계를 다노가미의 이마 쪽에 가져간다.

"손목을 재면 안 될까요. 예약 시간에 늦을까 봐 조금 서둘렀더니 땀이 났네."

"아 네, 알겠습니다."

그렇게 말하고 기타미가 다노가미 손목에 체온계를 갖

다 댔다.

"삐빅."

소리가 울렸다. 비접촉식 체온계는 종류에 따라 다르겠지만 일반적으로 겨드랑이에 껴서 재는 형태보다 정밀도가 떨어지는 것 같다. 스태프들도 매일 아침 출근할 때 체온을 재는데 35도 정도로 나올 때가 많고 극단적으로 낮게 나올 때도 있다. 그래도 이렇게 검사를 하면 열이 나거나 컨디션이 안 좋을 때는 출근을 하지 않게 될 것이다. 그런 점에서 체온 검사는 의미가 있다고 스태프들끼리 의견 일치를 보았다.

"신발 바닥을 소독해야 하니까 이쪽으로 발을 들어주시겠어요?"

"신발까지요? 특이하네."

다노가미가 의아하다는 듯 말한다.

"미용실 바닥은 쓸어야 할 일이 많아서 공기 중에 다양한 것들이 날아다니기 쉽거든요. 그래서 가게에 들어오실 때 가능하면 외부 이물질이 함께 들어오지 않도록 신경 쓰고 있습니다. 양해 부탁드리며, 손 소독도 부탁드립니다."

기타미가 입구의 소독액을 가리킨다.

"나는 알코올이 닿으면 손이 건조해서 갈라져요. 백신도 맞았는데 괜찮지 않을까?"

"이 손소독제는 글리세린이 배합되어 있어서 피부가 상하진 않을 텐데 어떠실지요?"

"글쎄."

손님의 불쾌한 말투에 아야카가 당황해서 끼어들었다.

"알코올이 안 맞으시면 세면대에서 손을 씻고 오시면 될 것 같아요."

화장실로 안내하면서 접수 담당인 기타미에게 눈짓을 했다. 돌아온 다노가미를 자리로 안내한다.

"머리 색깔 톤을 정돈하고 싶으니까 전체적으로 염색 부탁해요."

은발이라도 정기적으로 염색을 할 필요가 있지만 빈도는 제한적이다.

"한동안 커트 안 하셨죠?"

예상외로 잘 정돈된 머리카락 끝을 손으로 잡으면서 묻는다.

"조금씩 신경 쓰이는 부분은 집에서 잘랐어요. 홈 커트라고 하나? 그래서 미용실에도 이렇게 오랜만에 오게 됐지."

"직접 커트를 하신 거예요? 아주 잘하셨는데요."

아야카는 머리 빗질을 하면서 말을 건넨다. 손끝이 야문 사람이라면 머리끝이나 앞머리 커트 정도는 쉽게 할 수 있다. 시중에서 파는 염색약을 이용해 직접 염색을 하는 사람도 많다. 집에서 펌을 해보는 사람도 있다. 그렇게 되면 비싼 돈을 지불하면서까지 미용실에 올 필요도 없을 것이다. 일부러 찾아와준다는 것은 미용실에 와서만 얻을 수 있는 부가가치를 중시한다는 뜻이기도 하다.

"지금까지 썼던 천연 허브 컬러보다 좀 더 피부에 좋은 염색약이 있는데 어떠신가요? 가격은 1천 엔 정도 비싸긴 한데요."

"글쎄, 뭐 늘 하던 걸로 하죠."

"알겠습니다. 트리트먼트도 해드릴까요?"

"트리트먼트는 오늘은 안 할게요. 그보다도 지난번에 받았던 헤어 클리닉 서비스 쿠폰을 사용할 수 있을까?"

가게에 오는 빈도에 따라 포인트가 쌓이면 헤어 케어 제품이나 클리닉 서비스를 받을 수 있다. 그 쿠폰은 사용할 수 있는 기간이 이미 지난 상태다. 그래도 아야카는 웃는 얼굴로 대답한다.

"네. 물론입니다. 헤어 클리닉 체험 말씀이시죠? 염색 후에 해드릴게요."

체험을 해보고 마음에 들면 다음 예약을 한다. 그걸 의도한 서비스였지만 무료 체험 이후에 예약을 받은 적은 없다. 스타일 상담이 끝나자 다노가미가 마스크를 벗었다.

"저, 죄송합니다. 방역 때문에 마스크는 계속 쓰시게 되어 있습니다."

"마스크를 한 채로 염색을 해요? 칠이 안 되어 놓치는 부분이 있으면 곤란한데."

"귀 부분을 염색할 때만 잠깐 벗으실 수 있어요. 끈에 조금 묻겠지만 양해 부탁드립니다."

"그래요? 아무리 그래도 너무 답답한 세상이 된 것 같아."

어쩔 수 없지 않은가. 모두 안심하고 안전하게 지내기 위한 조치니까. 일단 태블릿을 건네보지만 이 세대가 능숙하게 사용할 거라곤 생각하기 어렵다. 예상대로,

"일반 잡지는 없어요?"

라는 말에 아야카는 얼른 안쪽에 치워두었던 요리잡지와 패션잡지를 들고 나왔다.

"다니 선생님은 본가에 왔다 갔다 해요?"

건네준 잡지는 잠깐 들추다 만다. 주말까지 이 잡지는 다른 고객에게 보여줄 수 없다.

"저요? 여름휴가 때 잠깐 갈까 하고 엄마랑 통화했는데 오지 말라고 하시네요. 도쿄에서 간다고 하니까 꺼려지시

나 봐요."

"그래요? 우리 딸은 동아리 합숙이니 저녁 약속이니 하면서 평소처럼 외출하던데."

아하하, 하며 크게 웃는 소리에 순간 가게 안의 공기가 찌릿 한다. 개방형 1인실이라고는 하나 바닥이 이어져 있다. 칸막이용 벽도 의자의 등받이 정도 높이밖에 안 된다. 큰소리나 웃음소리가 거슬리는 사람도 있을 것이다.

미용실에 위로받기를 원하면서 찾아오는 분들도 있다. 그분들이 편안하게 시간을 보내길 바란다. 그래서 세운 대책이건만 자기 멋대로 행동하는 고객이 너무 많다. '내로남불'이라는 말을 요즘 자주 듣게 된다. 최고의 서비스와 철저한 방역, 이 둘의 양립을 바라는 고객의 모습이 딱 그렇다.

"그럼, 잠시 계시겠습니다."

아야카가 자리를 뜨려고 하자 다노가미가 붙잡는다.

"오늘은 커피 한잔 안 줘요?"

"지금은 음료 서비스를 못 하게 되어 있어서요."

"어머, 아쉽다. 여기서 커피 마시려고 기대 많이 했는데."

다노가미의 입가가 불만스러운 듯 뾰로통해진 게 마스크 너머로도 티가 났다.

"죄송합니다."

아야카는 한숨을 억누르며 머리를 숙였다.

☕

"음, 두꺼운 스테이크부터 샌드위치까지 된다고."

소로리가 무언가 인쇄된 종이를 보며 혼잣말을 중얼거리고 있습니다. 주방 카운터에는 손잡이 달린 철제 상자가 놓여 있습니다. 대형 사전 정도의 크기일까요. 설마 가방은 아니겠죠. 전구를 사러 간 가게에서 우연히 눈에 띄는 걸 충동 구매했습니다. 소로리는 가끔 그런 일을 저지릅니다.

설명서로 보이는 인쇄물을 내려놓고 철제 상자에 손을 갖다 댑니다. 양쪽 손잡이 끝에 달려 있는 스토퍼를 열자 상자가 정확히 두 개로 분리됩니다. 안쪽에 철판이 달려 있습니다. 여기에 식재료를 넣어서 전기로 열을 가하는 구조로 보입니다.

"핫샌드위치 메이커의 보스급 물건이군."

만족스러운 듯 상자의 정체를 소리 내어 말한 뒤 뚜껑에 달린 철판을 빼서 물에 씻기 시작했습니다. 바로 사용해볼 모양이군요.

"식빵 위에 마요네즈와 머스터드, 속은 양송이버섯. 그 위에 치즈를 얹은 다음."

또 한 장의 식빵을 꺼내 샌드위치를 만들었습니다. 메이커 안에 넣고 손잡이를 당깁니다.

"너무 많이 넣었나."

확실히 속 재료가 조금 삐져나왔지만 상관없습니다. 소로리는 위쪽 뚜껑을 내리고 스토퍼를 채웠습니다. 5분 정도 지났을까요. 천천히 뚜껑을 엽니다.

"오오!"

마음에 드나 봅니다. 빵이 적당한 갈색으로 구워졌습니다.

"잘 먹겠습니다."

바삭한 소리와 소로리의 만족스러운 미소가 얼마나 훌륭한 맛인지 전달해줍니다. 편리한 물건이네요. 감동입니다.

입에 묻은 빵가루를 손가락으로 닦고 있으니 골목 저편에 사람의 그림자가 나타났습니다. 손님일까요. 아직 가게 문을 열기 전인데요. 하지만 소로리는 커다란 마스크를 쓰고 입구로 향했습니다. 맛있는 샌드위치 덕분에 상당히 기분이 좋아 보입니다.

"어서 오세요. 카페 도도에 오신 걸 환영합니다. 다만 저희 가게는 저녁부터 영업을 시작합니다."

조금 무례하다고 생각할 수도 있지만, 이것이 소로리 나름의 고객 응대 방식이므로 어쩔 수 없습니다.

"멋진 가게네요. 실은 제가 근처 미용실에서 일하는데요, 전단지를 나눠드리고 있어요."

몸집이 아담한 여성이 소로리에게 종이를 건넵니다. 미용실에 근무해서인지 컬을 제대로 살린 헤어스타일이 잘 어울립니다. 똑같이 곱슬곱슬한 머리라도 다듬어지지 않은 소로리와는 전혀 다른 모습입니다.

"저희 가게 손님들께 전해드리면 되죠?"

"고맙습니다. 서비스 쿠폰도 붙어 있어요. 잘 부탁드립니다."

"첫 회 커트에 50퍼센트 할인? 대박인데요."

엄청난 할인입니다. 소로리가 놀라는 것도 무리는 아니네요.

"가게를 알리는 게 우선 중요하다고 생각해서요."

역시 그렇군, 하는 표정으로 전단지를 살펴보던 소로리가

"아, 잠깐 기다려주세요."

그렇게 말하자마자 가게 안으로 돌아왔습니다. 카운터 밑에서 바구니를 꺼내자마자 다시 입구로 나갑니다.

"하나 갖고 가세요. 여기 마당에서 주운 것들입니다."

헤어디자이너는 재미있다는 듯 바구니 안을 들여다본 후 작은 나무 열매를 집었습니다.

"숲의 유실물이에요."

소로리는 방긋 웃었습니다.

"아야카 선생님, 이것 좀 보세요."

고객을 배웅하고 돌아오니 기타미가 스마트폰 화면을 내밀었다. SNS 화면에는 몇 개의 동영상이 떠 있었다.

"이게 비포, 이게 애프터."

기타미가 능숙하게 화면을 만진다. 가게 안에 손님이 없으니 소리도 들리게 설정한다.

"얼굴형이 긴 편인데 그런 부분이 도드라지지 않으면 좋겠어요. 앞머리를 내려볼까 하는데요, 잘 어울릴까요?"

화면 속에서 밝은색의 긴 머리 여성이 긴장한 듯 말한다. 미용실에서 머리를 하기 전에 상담받는 광경이다.

"당연히 가능하죠. 귀여우실 거예요."

젊은 남자 디자이너가 싹싹하게 대답하며 미소를 보인다. 이렇게 웃는 모습을 보이면 고객에 따라선 착각할 수 있지 않을까 싶은 애교스러움이다. 그 헤어디자이너도 자신의 외모에 상당한 자신감을 갖고 있을 것이다.

"정말이요?"

얼굴의 긴장이 풀린 고객의 모습을 헤어디자이너가 썩 싫지 않은 표정으로 쳐다본다. 그 후 애프터 영상이 이어졌다.

"아니, 이건?"

아야카가 가까이 들여다본다.

"그렇죠? 달라 보이는 게 당연하긴 하잖아요."

애프터 영상에서는 머리 색을 검게 바꾸고 앞머리는 짧게, 긴 머리에서 어깨까지 오는 단발로 변신했다. 머리끝은 고데기로 세팅을 했을 것이다. 자연스럽게 바깥쪽으로 말리게 컬도 넣었다.

"와, 너무 마음에 들어요."

동영상 속 손님이 눈을 반짝이고 있다.

이런 커트는 일단 집에서 머리를 감으면 딱 달라붙어서 밋밋해진다. 그녀 같은 얼굴형에 단발을 하려면 안쪽부터 서서히 머리카락의 양을 줄이면서 미묘하게 층을 넣어야 하는데 겉으로 드러나는 인상을 강하게 만들기 위해 그냥 뾰족해 보이게 커트를 했다. 앞머리도 빗질하기 어렵게 잘

라놓아서 스타일링 제품을 바르지 않으면 이마에서 붕 뜨고 말 것이다.

"더구나 화장까지 바꿨잖아요?"

광고용으로 촬영했을 것이다. 눈썹을 정돈하고 아이라인도 진하게 그렸다.

"그리고 이거."

기타미가 다른 영상을 보여준다. 이번에도 긴 머리에서 숏커트로 변신했다.

"자르기 전이 낫지 않아요? 이분은 아무리 봐도 긴 머리가 어울리는 얼굴형이잖아요. 짧게 한다고 해도 목덜미 쪽은 확실히 남겨뒀어야 하는데."

아야카가 어이없다는 표정을 지었더니 기타미도 동의한다.

"엄청 나이 들어 보이네요. 안됐네."

하지만 음량을 키운 스마트폰에서는

"와, 너무 산뜻해진 게 딴사람이 된 것 같아요. 예쁘다."

그렇게 기쁨에 찬 목소리가 들려왔다. 이런 머리를 하고 예쁘다고 말하는 사실도 놀랍지만 무엇보다 커트 기술이 너무 서툴러서 분노마저 일어난다.

"이런데도 속는 사람이 많아요. 보세요."

기타미가 스마트폰을 척척 누르더니 그 미용실의 예약 사이트로 들어간다. 앞으로 한 달 이상 예약이 꽉 차 있다. 이 예약 현황도 어디까지가 진실인지 알 수 없다. 하지만 멋진 헤어스타일로 변신시켜주는 인기 미용실이라고 생각하는 사람들도 많을 것이다.

"한 번 가보면 두 번 다시 안 갈 거 같은데."

"그래도 상관없는 거죠. 당장의 고객 수만 따지는 거 아닐까요?"

가게 문을 닫고 난 후나 쉬는 날에는 스태프들끼리 커트 연습을 빠뜨리지 않는다. 유행하는 스타일에 뒤처지지 않게 연구도 한다. 집에서 관리하기 쉽고 오래 스타일을 유지할 수 있게 필요한 기술을 항상 고민하고 있다. 하지만 고객은 그런 걸 원하지 않는 것 같다. 쉽게 이미지를 바꿀 수 있고 그 순간 마음에 들면 그걸로 족하다는 걸까. 그건 비단 이 매장만의 문제는 아니다.

흥분해서 내뱉듯이 말하는 기타미의 목소리를 들으면서 카운터로 눈길을 돌리니 예약용 PC 옆에 나무 열매가 대구루루 굴러다닌다.

"이거 뭐예요? 예쁘다."

"아, 이거요. 지난번에 전단지 돌리러 갔다가 한 카페에서 받았어요."

기타미의 평소의 활기찬 표정이 돌아왔다.

전단지와 쿠폰을 주택이나 아파트 우편함에 넣는 것은 주변 사람들에게 매장의 존재를 알리고 미용실 이용을 장려하기 위한 홍보 활동이다. 아야카가 일하는 스노우 헤어도 스태프들이 쉬는 시간을 이용해 가게 근처를 돌고 있다. 소박하면서 효과적인 수단으로 SNS 등을 사용하지 않는 연령대에도 어필할 수 있다. 방금 본 비포와 애프터 영상보다 훨씬 성실하게, 직접적으로 손님들에게 다가갈 수 있다고 아야카는 생각한다.

"카페요?"

이쪽 거리에 그렇게 센스 있는 가게가 있었나.

"저도 전혀 모르고 있었는데 지나가다 잠깐 다른 쪽으로 가볼까 해서 골목 안으로 들어갔더니 간판이 나오더라고요. 가보니 멋진 가게였어요!"

남자 혼자 운영하는 카페라고 한다. 나무에 둘러싸여 있어서 마치 숲속에 있는 것 같았다고 기타미가 흥분해서 이야기한다.

"이 동네에 숲이라니, 상상이 안 되네요."

아야카가 놀란다. 이 주변은 지극히 평범한 주택가다.

"그렇죠. 그런데 불쑥 그런 공간이 나타나는 거예요. 한 번 가보세요."

"그러면 같이 점심이나 먹으러 가볼까요."

아야카가 제안하자,

"같이 가고 싶은 마음은 굴뚝같지만."

기타미가 비밀을 알려주듯 목소리를 낮춘다.

"거기가 1인 전용 카페래요. 게다가 저녁 시간에 문을 여나 봐요."

기타미가 전단지를 들고 방문했을 때는 가게 문을 열기전 영업준비 중이었다고 한다. 카페 가는 길과 이름을 들으면서 카운터의 나무 열매를 손에 쥔다.

"그럼 이것도 그 숲의 나무 열매일까?"

"아마 그렇겠죠. 가게 주인에게 전단지를 건넸더니 대신 이걸 주더라고요. '숲의 유실물입니다'라고 말하면서요."

"숲의 유실물?"

아야카가 눈을 동그랗게 떴다. 대화는 거기서 중단됐다. 가게의 전화가 요란하게 울렸기 때문이다.

기타미가 전화벨 소리를 당장 멈추고 싶다는 듯 급히 수화기를 들었다.

"전화 주셔서 고맙습니다. 스노우 헤어의 기타미입니다."

한동안 전화 응대를 하던 기타미가 아야카를 돌아보았다.

"담당은 다니 선생님입니다. 네, 지금 스케줄 확인해보겠습니다."

보류 버튼을 누르고 수화기를 내려놓는다.

"그저께 오셨던 사와이 씨라는 분인데 조금 손을 보고 싶으시대요."

염색이나 펌이 마음에 안 들 때는 일주일 이내라면 AS가 가능한 시스템이다. 그러고 보니 예약 없이 불쑥 찾아온 신규 고객이었는데 마침 손이 비어 있던 아야카가 담당했다.

아야카가 수화기를 들었다.

"전화 바꿨습니다. 담당 스타일리스트 다니입니다."

아야카의 말을 가로막는 듯한 날 선 목소리가 전화기 너머로 들려왔다.

"저기요. 자세히 보니 색이 너무 약해. 다시 해줄 수 없나요?"

알레르기 체질이라서 가능한 한 두피에 손상이 안 가는 염색약을 원한다고 했다. 아야카가 추천한 염색약은 천연 소재로 얼굴에 묻어도 안심할 수 있는 제품이었다. 다만 색은 화학제품처럼 강하게 나오지 않는다. 그 점에 대해

양해를 구한 뒤 시술을 했다. 이렇게 안전한 면을 중시하는 고객에게 맞춤한 처방은 업계에서도 수요가 많다.

"원래 자연스럽게 물이 드는 염색약이라서 시간이 좀 지나면 더 진해질 거예요, 고객님."

색이 자리를 잡는 데도 시간이 걸리는 것이 특징이다. 그런 만큼 적어도 다음날까지는 머리를 감지 않도록 권한다.

"미용실에서 볼 땐 괜찮다 싶었어요. 그런데 밤에 머리를 감고 말렸더니 완전 실망. 아무튼 당장 다시 해줘요. 몇 시에 가면 될까?"

당일 머리를 감았다면 염색약이 빠지는 것도 빠르다. 몇 번이나 설명했건만. 기운이 빠진다. 열심히 염색약을 바른 시간도 전부 물거품이 되어버렸다. 하지만 그런 말을 해봤자 소용이 없다. 다시 시술해달라는 손님은 기본적으로 불만을 품고 있다. 가능한 기분이 상하지 않도록 유연하게 대처하는 게 상책이다. 지금부터 영업이 끝나는 시간까지는 예약이 꽉 차 있다. 어쩔 수 없다. 시간 외지만 가게 문을 닫은 후에 다시 해야 할까. 아야카가 시계를 쳐다본다.

"오늘이라면 저녁 여덟 시부터는 어떠세요?"

"여덟 시? 안 돼요. 아이도 집에 돌아오고. 나는 가정주부인데 그 시간에 외출할 수 있을 거라 생각해요?"

"죄송합니다. 오늘 다른 시간대는 예약이 전부 차 있어서
요. 내일이라면 낮 시간대도 가능합니다만 어떠실지요?"

"나는 오늘 해달라고 전화한 거예요. 됐어요."

전화는 뚝 끊겼고, 그 후엔 '삐삐……' 전자음만 들려왔
다. 정신을 차려보니 카운터에 있던 나무 열매를 오른손으
로 꽉 쥐고 있었다.

"헤어 클리닉을 전면적으로 내세워보는 건 어떨까요"

그날 가게 문을 닫은 후 미팅에서 기타미가 찾아낸 수많
은 SNS를 보다가 그런 제안이 나왔다. 의견을 낸 도야마는
아야카보다 어리지만 이 미용실에서는 베테랑이다.

"체험해본 분들은 마음에 들어하시는데 예약으로 이어
지진 않잖아요."

작년에 가게에 들어온 지와키가 말한다. 스노우 헤어에
서는 커리어와 상관없이 미용사는 모두 스타일리스트로
서 동등한 위치로 여겨진다. 치프나 디렉터 같은 직함은
따로 없다. 스타일리스트별로 추가 요금을 따로 설정하지
않는 이유도 직함이나 커리어는 손님들과 상관없는 일이
며 모든 손님을 똑같이 아름답게 만든다는 철학에서다.

"부담 없이 한번 시도해볼 수 있게 짧은 기본 코스를 만

들어보는 것도 좋을 것 같네요."

도야마의 의견에 수긍하면서

"그리고 집에서도 관리할 수 있게 헤어 케어 제품 샘플을 드리면 좋아하시지 않을까요?"

아야카도 아이디어를 낸 제안을 한다.

"배포용 샘플을 받을 수 있는지 업체에 문의해볼까요?"

기타미가 메모 대신 스마트폰에 입력하고 있는데 출입문을 두드리는 소리가 들렸다.

"어머? 손님?"

조명을 꺼놓은 카운터로 뛰어갔던 기타미가 급하게 돌아왔다.

"아야카 선생님, 손님이 오셨어요. 아까 다시 해달라고 하신……."

시간은 여덟 시에서 30분 정도 지나 있다. 예약을 했다고 착각했을까. 의아하게 생각하며 나가보니 긴 머리 여자가 서 있다. 아까 통화했던 고객 사와이다.

"다니 선생님 맞죠? 이것 좀 봐요."

빈틈없이 완벽하게 드라이한 머리카락을 손으로 매만진다.

"오늘은 요청해주신 예약에 답해드리지 못해 죄송했습

니다."

"괜찮아요. 덕분에 정말 실력 있는 사람을 만났으니까. 여기서 이상한 색으로 염색해준 덕분에요. 그 말을 하고 싶었어."

무시하는 시선이 느껴진다. 확실히 염색은 짙은 색으로 잘 나왔다. 그러나 이 색은 명백히 화학제품을 사용한 것이다. 이미 머리끝이 손상되고 있겠지만 스타일링 제품으로 잘 감춰놓았을 뿐이다. 머리숱이 줄어든 정수리 쪽 두피가 빨갛게 변한 게 보인다. 알레르기는 괜찮은 걸까. 순간 자기도 모르게

"염색약이 잘 맞으시면 좋겠네요."

라는 말이 튀어나왔다. 여자는 조금 욱하는 듯한 표정을 지어 보였다.

"손님이 원하는 대로 정확히 시술해주는 거, 그게 프로의 일이라고. 그걸 당신에게 가르쳐주려고 들른 거예요. 두 번 다시 여기 올 일은 없지만."

아야카가 죄송하다며 고개를 숙인 것에 만족했는지,

"예쁘게 머리도 했겠다, 쇼핑이나 하고 가야겠네."

그러면서 유리가 들어간 출입문을 쩡강 소리 나게 닫고 어둠 속으로 사라져갔다. 이 시간대에 외출할 수 없다고

말했으면서, 원피스를 차려입은 그녀의 밤 외출은 지금부터도 길게 이어질 것 같다.

집으로 돌아가는 발걸음이 무겁다. 쇼핑몰에서 그 여자와 마주치는 것도 싫다. 아야카는 옆길로 샜다. 네이비 원피스 주머니에 손을 넣으니 동그란 물건이 만져진다. 기타미가 받아온 그 카페의 나무 열매다. 주머니에 넣은 채로 깜빡했다.

"그러고 보니 골목 끝에 있는 카페라고 했지."

기타미가 설명했던 기억을 더듬으며 걷다 보니 들은 대로 간판과 마주쳤다.

'1인 전용 카페 도도'

그 밑에 커피, 홍차, 카페오레, 오렌지주스 같은 일반적인 메뉴가 적혀 있다. 샌드위치와 디저트 같은 메뉴도 있다. 간판 한구석에 엽서 한 장이 압정으로 고정돼 있다. 손글씨로 이렇게 적혀 있다.

'숲의 유실물 나눠드립니다.'

"이거 말이죠."

주머니에서 나무 열매를 꺼내어 혼잣말로 중얼거린다. 그 문장 옆에 보일락 말락 메모가 추가돼 있었다.

'숲의 선물도 있습니다.'

"유실물과 선물? 굿즈를 파는 건가?"

아야카는 간판의 화살표를 따라 좁은 골목으로 걸어 들어갔다.

'앗.'

골목을 벗어나자마자 나타난 눈앞의 광경에 아야카는 숨을 죽인다. 일대가 황금빛으로 빛나고 있었다.

'낙엽이야?'

황금색뿐 아니라 빨강과 갈색, 그밖에 온갖 따뜻한 느낌의 색깔의 잎들이 잔뜩 깔려 있다.

"어서 오세요. 카페 도도에 오신 걸 환영합니다."

목소리가 들리는 쪽으로 얼굴을 돌리자 마당 안쪽에 대나무 갈퀴를 손에 든 호리호리한 체격의 남자가 서 있다. 이 사람이 기타미가 말한 가게 주인으로 보인다.

"너무 예쁘네요."

눈웃음을 지으며 마당을 쳐다보고 있으니 주인인 듯한 그 남자가 천천히 고개를 끄덕였다.

"올가을 숲의 유실물이에요."

아야카는 바로 주머니에서 나무 열매를 꺼내 가게 주인

에게 보여준다.

"지난번에 직장동료가 여기서 이걸 받았다고⋯⋯."

"그렇군요. 괜찮으시면 마당에 떨어진 열매 좀 갖고 가
세요."

가게 주인이 겨드랑이에 끼고 있던 바구니를 내밀었다.

"밖의 간판에 적혀 있는 숲의 선물이라는 게 뭐예요?"

"그건 오늘의 메뉴 이름이에요."

"메뉴요?"

숲의 선물이 메뉴라고⋯⋯. 아야카가 고개를 갸웃하고
있던 순간,

"드셔보시겠습니까?"

그렇게 말하는가 싶더니 주인은 대답도 기다리지 않고
등을 돌려 그대로 곧장 마당 안쪽의 오두막으로 들어갔다.

'저 집이 카페구나.'

카페 안으로 들어가야 하나, 아니면 여기서 기다리고 있
을까 머뭇거리는데 집 창문이 열렸다.

"낙엽 위에 앉아보세요."

잔뜩 깔린 낙엽은 마치 황금색 카펫 같다. 아야카는 몸
을 숙이고 손을 대본다. 마른 잎이 버석버석 소리를 냈다.
촉촉한 흙냄새 같기도 하고 톡 쏘는 것 같기도 한 낙엽 냄

새도 코끝을 간지럽힌다. 어쩐지 기분이 좋아져 그대로 털썩 주저앉았다.

"푹신푹신하다."

낙엽은 상상 이상으로 두껍게 쌓여 있어서 손으로 휘젓는 정도로는 땅바닥이 보이지 않는다. 그대로 다리를 뻗었다. 양손을 허리 뒤쪽에 대고 밤하늘을 쳐다보았다.

"타르트 그릇에 달걀물을 붓고, 그다음."

달걀과 생크림, 거기에 그라인딩한 치즈를 듬뿍 섞어 그릇에 붓습니다.

"양송이버섯을 잔뜩 올리고 이제 구우면 끝."

예열해서 달궈놓은 오븐에 그릇을 넣고 문을 닫았습니다. 30분 정도 구웠을까요. 겉면이 제대로 된 갈색을 띤 타르트가 완성되었습니다. 그렇게 좀 전에 구워놓은 타르트는 잔열을 빼기 위해 철망 위에 올려둔 상태입니다.

마당에서 주방으로 돌아온 소로리가 타르트를 부엌칼로 잘라서 접시에 얹습니다. 그리고

"주문하신 숲의 선물입니다."

마당의 낙엽 위에 앉아 있는 손님께 갖다 드립니다.

아무래도 바닥에 앉아서 음식을 먹는 건 불편하겠지요. 손님을 마당의 테이블로 안내하기로 합니다.

"버섯 타르트군요. 여기서 딴 버섯인가요?"

말도 안 됩니다. 그런 일을 했다간……. 소로리는 겁이 나서 몸을 떨었습니다.

이래도 부족한가요, 라고 따지는 건가 싶을 만큼 양송이 버섯이 잔뜩 들어간 타르트를 아야카가 입으로 가져간다.

진하게 응축된 버섯의 풍미가 입 안 가득 퍼졌다. 달걀 반죽은 놀라울 정도로 농밀하고 푹신푹신하다. 녹아내릴 듯한 부드러움이다. 단단하게 구워낸 타르트의 가장자리 부분은 고소한 버터 향과 함께 바삭바삭 씹는 맛이 있어서 나름의 식감도 즐길 수 있다.

"맛있어요. 양송이버섯에서 이런 깊은 맛이 나는군요."

계속 마당을 정돈하는 주인에게 말을 건다.

"버섯은 건조하면 풍미가 더 진해져요. 더구나 햇빛에 말린 버섯은 비타민D가 풍부하답니다."

비타민D는 감염병에도 효과를 기대할 수 있다는 연구 결과를 들은 적 있다. 확실하게 결론이 나지는 않았다고 해도 면역력을 높이는 건 틀림없을 것이다. 곁들임 재료 정도로밖에 생각하지 않았던 버섯을 보는 눈이 달라질 것 같다.

"마음이 조금 꼬여 있었는데 낙엽 위에 앉아 있는 동안 치유가 되었어요. 무엇보다 이걸 만지기만 했는데 조금 풀리는 것 같기도 하고요."

그렇게 말하면서 아야카는 주머니 속에서 나무 열매를 꺼내 테이블 위에 올렸다.

"숲속에 있지 않아도 사진이나 영상을 보기만 하면 산림욕 효과가 있지 않을까, 저는 그렇게 생각해요. 그러니까 이렇게 작은 나무 열매 하나도 조금 위안이 될지 모르겠네요."

안경 속 주인의 눈빛에 살짝 미소가 어린다.

"저는 이 근처 미용실에서 일하는데요."

그러자 주인이 아, 하는 표정을 지으며 검은색 앞치마 주머니에서 접혀 있는 전단지를 꺼낸다.

"여기요?"

"맞아요. 맞아요. 안 버리고 갖고 계셨네요."

"할인율이 엄청나더라고요. 안 그래도 조금 여쭤보고 싶었는데요."

원래 조용한 성품으로 보이는 주인이 약간 흥분한 듯 목소리를 높였다.

"어떤 점이 궁금하신데요?"

"이 헤어 클리닉이라는 게 뭐예요?"

"두피 마사지하고 세정이에요."

"예를 들면 이런 머리카락도?"

그러면서 주인이 자기 머리를 손으로 만졌다. 아주 심한 천연 곱슬머리다.

"네. 틀림없이 관리하기 쉬워질 거예요."

그 말을 듣고 안심한 듯 얼굴이 편안해졌다.

"자고 일어나면 머리카락이 심하게 삐쳐서 매일 아침 힘들어요. 그렇군요. 클리닉이라……."

"성함을 여쭤봐도 될까요?"

"저요? 소로리라고 하는데요."

"소로리 씨. 괜찮으시면 가게 한번 들러주세요."

어느 틈엔가 광고까지 하고 말았다.

"개방형 1인실이라는 것도 신기하다 싶어서."

전단지에 메인 카피로 크게 적어놓은 문장을 보여주면

서 소로리가 말한다.

"지금은 안심하고 시간을 보낼 수 있게 해드리는 게 무엇보다 중요하니까요."

아야카는 마당 안쪽에 서 있는 가게를 힐끗 보며 묻는다.

"카페도 여러 가지로 힘들죠? 이렇게 환기를 고려해서 자리를 배치한다거나 1인 전용으로 운영한다거나."

"뭐, 저희 가게는 원래 그다지 손님이 많지 않아서요. 그리고 이런 분위기를 좋아하는 손님들도 계셔서 비교적."

"그렇군요. 미용실은 아무래도 서로의 거리가 가까워질 수밖에 없으니까 여러 가지로 대책을 마련해놓지만 매장 안에서는 뭐든지 손님 자유잖아요. 편안하게 시간을 보낼 수 있게 해드리는 것과 방역을 양립시키느라 너무 힘드네요."

아야카가 쓴웃음을 짓는다.

"잠깐, 거기 한번 보실래요?"

소로리가 땅바닥을 가리킨다. 낙엽이 소복하게 한가득 깔려 있을 뿐이다.

"낙엽이잖아요."

"좀 더 자세히 봐요."

식물채집을 하는 학자 같은 표정으로 소로리가 낙엽에 가까이 다가간다. 돋보기라도 들고나올 기세다.

아야카도 소로리 흉내를 내면서 양미간에 주름을 만들며 집중해서 보고 있으니, 낙엽들 사이에서 작고 동그란 갓이 달린 버섯이 얼굴을 내밀었다.

"아, 버섯이다."

"맞아요."

참 잘했어요, 라고 칭찬받은 초등학생 같은 기분이 되어 가슴이 두근거렸다.

"예쁘다. 만가닥버섯 종류인가요?"

좌우로 몸을 움직여가며 관찰하고 있는데 소로리가 천천히 일어섰다. 왼손은 허리에 올리고 오른손 검지는 곧게 뻗어 버섯을 가리킨다.

"추정이긴 한데요."

"네?"

그리고 잠깐 텀을 둔다. 소로리의 심호흡 소리가 들리는가 싶더니 결심한 듯 또박또박 한마디 한다.

"독버섯입니다."

무슨 선고를 내리듯 단호한 말투다.

"아, 이게."

아야카는 멈칫했다. 동화 속 독버섯은 새빨간 갓에 하얀 물방울 모양이 또렷한 것이 언뜻 보기에도 못된 짓을 저지를 버섯같이 생겼다. 그런데 여기서 자라는 것은 만가닥버섯이라고 착각할 정도로 아주 평범하고 수수한 버섯이다.

"알 수 없군요."

"손님이 드시고 있는 이것도."

소로리가 장난꾸러기 아이 같은 눈빛으로 접시 위의 타르트를 쳐다본다.

"설마."

아야카가 웃는다. 이것은 틀림없이 맛있는 양송이버섯이다.

"버섯에는 영양분도 있지만 독도 들어 있답니다. 손님도 늘 착한 얼굴만 보여주지 말고 가끔은 독을 뿜어보시면 어떨까요?"

"독을요?"

"그래요. 기왕에 독버섯도 먹었겠다, 자요."

아야카는 한동안 입을 다물고 있었지만 뱃속 깊은 곳에서 버섯이 심술궂은 얼굴로 춤추는 모습이 보이는 것 같아서 천천히 입을 열었다.

"일단……."

"좋아요. 계속해봐요."

소로리가 재촉한다.

"일단, 커피는 서비스예요. 왜 안 주냐고 불평하지 말라고요! 마스크가 더러워지는 게 싫으면 여분을 갖고 오라니까! 화학제품은 안 된다고 해놓고선 왜 불평하냐고! 기간 넘은 쿠폰은 제발 들고 오지 말라고요! 그리고 또, 내가 얼마나 조심하고 신경 쓰는데, 가게 물건 아무렇게나 만지지 마요, 좀! 내가 그렇게 만만해?"

한꺼번에 쏟아내고 말았다.

"음, 잘하시네요."

소로리가 쿡쿡 웃는다.

"독도 가끔은 약이 된답니다."

가슴속에 맺혀 있던 게 해소되었을까, 어쩐지 개운한 기분이 든다.

"아 맞다. 그 바구니 말인데요."

주운 나무 열매를 넣은 바구니가 낙엽 카펫 위에 놓여 있었다.

"이거 자작나무 껍질로 만든 거예요."

"그렇군요."

납작하고 얇은 나무로 짜여 있는 소박한 바구니다. 진한 캐러멜 같은 브라운이 낙엽과 잘 어울린다.

"자작나무의 수액은 약으로도 쓰인다고 해요. 그거 있잖아요. 자일리톨이라고, 들어본 적 없으세요?"

"충치 예방, 이었나요."

텔레비전의 껌 광고에서 확실히 북유럽의 어느 나라가 최대 산지라고 했다.

"맞아요. 그것도 자작나무의 수액으로 만들어진 거예요."

"이게 약이 돼요?"

힐링용 여행 영상에서 보게 되는 자작나무는 하얗고 곧은 기둥 때문인지 늠름한 인상에 차갑게 자라나는 이미지다. 굳이 말하자면 독도 약도 안 되는 평범한 나무라고 생각하고 있었다. 얼핏 본 이미지로는 알 수 없는 거구나, 머릿속으로 그런 생각을 하고 있는데 소로리의 낮은 목소리가 들려왔다.

"나라는 존재가 어쩌면 누군가를 구원하고 있을지도 모른다고 생각해보신 적은 없나요?"

"제가요?"

어떨까.

아야카는 최근 자신의 모습을 돌아본다. 자기 입장만 내세우기 바빴다. 그건 정말로 고객을 배려해서 한 일이었을까. 사와이의 염색 상담도 좀 더 내 일처럼 여기고 들어주었다면 결과가 달랐을지 모른다. 어딘가 마음속으로 '어차피 한 번 오고 말 손님이니까'라고 의식하고 있진 않았을까. 위로받고 싶어서 찾아오는 고객의 마음에 진심으로 다가갔는가.

"손님께는 이걸 드려야겠다고 생각했지만."

커다란 마스크 위로 보이는 눈 속에 장난기를 가득 머금은 채 소로리가 나무젓가락과 노란 고무줄을 주머니에서 꺼냈다.

"나무젓가락인가요?"

"이걸 이렇게 해서……."

그러자 딱 비접촉식 체온계 같은 형태의 장난감 권총이 만들어졌다.

"마음에 활을, 이라는 뜻입니다. 언짢은 일이 생기면 이걸로 땅 하고."

즐거운 표정으로 고무줄을 낙엽을 향해 날렸다.

"하지만 필요 없을 것 같네요. 이미 해독되었으니까요."

"어쩐지 너무 부끄러운 모습을, 죄송해요."

뒤늦게 창피한 생각이 들어 테이블 위의 나무 열매를 주머니에 넣으면서 꽉 쥐었다.

'손바닥 위에 숲을, 그리고 마음에 활과 화살을.'

휘이, 불어온 바람에 땅 위의 낙엽들이 춤을 춥니다.

"으윽, 추워."

소로리는 양팔로 몸을 감싸며 카페 도도 안으로 돌아왔습니다.

"이제 코코아 준비를 해야겠다. 큰 냄비를 어디에 두었더라."

그러고 보니 지난겨울에도 커다란 냄비에서 스튜와 통사과 구이를 만들었던 것 같습니다. 팬트리의 문을 열자 안에서 많은 물건이 쏟아져 나왔습니다. 지금까지 소로리가 충동 구매한 것들입니다. 그중에서 원하는 냄비를 찾아내는 일은 꽤 힘들 것 같습니다. 본격적인 겨울이 찾아오기 전에 찾아내면 다행일 텐데요.

"큰 결심 하셨네요. 짧은 머리도 잘 어울리실 거예요."

아야카는 고객의 스마트폰 화면을 어깨너머로 보면서 말한다. 화면에는 그녀가 희망하는 헤어스타일의 사진이

나열돼 있다.

"좀 기분전환을 하고 싶어서."

그렇게 말하면서 웃는 손님은 여름 무렵부터 찾아온 오가와 사요코다. 역 빌딩의 잡화점에서 점장으로 일한다고 전에 들은 적 있다.

"하시는 일이 많이 힘드신가요?"

"네, 여러 가지로 신경 쓸 일이 많네요. 하지만 좋아하는 일을 하고 있으니 불평은 할 수 없죠."

"멋져요!"

손뼉을 치고 싶지만 아쉽게도 커트 중이다.

"오늘은 클리닉도 부탁할까 봐요. 시간 괜찮을까요?"

"네. 꼭 해보세요."

이런 돌발 요구에도 대응할 수 있도록 예약 시간 간격은 넉넉하게 두고 있다. 마음에 여유가 생기니 하나하나의 시술에 더 정성을 들이게 되었다.

"클리닉 자격증도 있잖아요. 가게 SNS에 올라와 있던데."

"스태프 모두가 연수를 받았어요. 온라인으로 수강할 수 있어서 편하게 했어요."

"대단하네요. 계속 배워나간다는 게."

스태프 전원이 자격증을 취득했다는 점이 좋은 평판을 얻어서 최근에는 헤어클리닉 예약도 늘어났다. 미용실에서 사용하는 도구를 소개하고 메뉴를 설명하는 데 SNS를 적극적으로 이용하게 된 이후로 젊은 손님들도 조금씩 늘고 있다.

"나는요, 코로나가 와서 좋은 점이 있는데 이 미용실을 알게 됐다는 거예요."

태블릿을 만지작거리던 사요코가 그런 말을 했다.

"네?"

의외의 말에 잘못 들었나 생각했을 정도다.

"사람들과의 접촉을 피해야 하니까 미용실도 못 가고 곤란하던 차에 우연히 이곳을 발견했거든요. 안심하고 다닐 수 있겠구나, 생각하니까 마음이 편해졌어요. 그리고 다니 선생님이 커트해주면 관리하기가 편해요."

거울 너머로 사요코와 눈이 마주친다. 자신의 존재가 누군가에게 위로가 된다⋯⋯. 만약 그렇다면 기쁜 일이고 계속 그런 헤어디자이너로 남고 싶다. 하지만 때로는 마음의 활을 당기자. 언제나 웃는 얼굴로 지내기 위해.

"염색할 때 조금 더러워질 수도 있는데요, 마스크 여분이 준비되어 있으니까 필요하시면 말씀 주세요."

그렇게 전달하고 종이컵에 든 커피를 건넸다. 컵에는 뚜껑이 달려 있다. 얼마든지 안심하고 마실 수 있다.

"저 그림책, 읽어봐도 될까요?'

사요코의 거울에 책장이 비치고 있다. 가게 안의 책들에는 비닐 커버를 씌웠다. 이렇게 해두면 알코올로 쓱 닦으면서 소독할 수 있다.

"그럼요."

아야카는 책장에서 책을 꺼내려고 발돋움을 했다.

주머니 속에서 나무 열매가 대구루루 구르는 소리를 냈다.

* 5장 *

행복을
가져오는

통사과
구이

c a f e   d o d o

행복의 나라라고 불리는 곳이 있다. 중국의 남쪽 그리고 인도와도 접해 있는 부탄이다. 도대체 어떤 나라일까, 나는 지구본을 빙 돌려본다. 작은 국토의 70퍼센트는 산림을 비롯한 자연이다. 통계를 보니 1제곱킬로미터당 인구밀도는 약 20명. 그렇다면 여유 자적하게 살아갈 수 있을 것이다.

자연과 가까이 살아가는 것도 행복도와 관계있을지 모르겠다. 그런 생각을 하면서 좀 더 깊이 조사를 해나가다 GNH라는 낯선 지표를 만났다. GDP가 아니라 GNH. 국민총행복지수라는데 몇 가지 지표로 그 나라 사람들이 얼마나 행복한가 측정하는 것이라고 한다. 부탄에서는 GDP보다 GNH, 즉 경제적 풍요보다 정신적 풍요에 무게를 두는 정책을 50년 가까이 추진해오고 있다고 한다.

국민 각자가 행복하면 국가도 행복해진다는 발상이다. 하지만 행복이라는 게 무언가로 잴 수 있는 것일까.

그런 것들을 쭉 생각하면서 카페 도도로 가고 있었다. 자전거의 핸들을 잡은 손에는 두꺼운 장갑을 꼈지만 그런데도 감각이 둔해질 정도로 춥다. 털모자를 귀밑까지 푹 눌러 쓰고 다시 페달을 밟았다. 내뱉는 숨결이 새하얗다. 그걸 보기만 해도 얼어붙을 것 같으면서도 왠지 즐거운 기분이 든다.

'어쩌면 나에겐 이런 것도 행복일지 모르지.'

가게에 도착하면 곧바로 메뉴 준비에 돌입한다. 통통한 나무 손잡이가 달린 법랑 밀크팬에 코코아 가루를 넣는다. 숟가락 가득 한 번, 두 번, 세 번……. 너무 많은가? 아니야, 괜찮을 거야. 코코아 가루를 네 숟가락 넣고 불 위에 올렸다. 나무 주걱을 천천히 움직인다. 조용히 끓기 시작하자 달콤한 향이 가게 안을 떠다녔다. 약불로 줄이고 나서 우유를 넣는다.

"조금씩, 천천히."

노래하듯 리듬을 붙이며 우유를 붓고 나무 주걱으로 섞고 그 일을 반복한다. 초콜릿색으로 물든 것 같은, 왠지 감칠맛이 감도는 듯한 수증기가 떠올랐다.

'이 순간도 행복이라 부를 수 있겠지.'

준비는 마쳤다. 이제 손님을 맞이해볼까.

"무쓰코 선생님, 이쪽이 올봄에 입사한 스나가와입니다. 아직 인사 전이죠?"

3등분 된 PC 화면 안에서 붉은색 계열의 얇은 테 안경을 쓴 스즈시타가 쾌활하게 입을 연다. 세상이 확 바뀐 지 곧 1년이 된다. 감염자 수는 몇 차례 위아래로 출렁임을 반복하더니 지금은 세 번째 대유행이 시작되고 있다고 날마다 뉴스에서 떠들어댄다. 재택근무가 본격화된 것은 맨 처음 긴급사태 선언이 나온 지 얼마 안 되서다.

이소가이 무쓰코도 업무 상대방과 이렇게 온라인으로 만나는 일이 늘었다. 처음에는 서로의 음성이 끊기거나 화면 공유에 어려움을 겪기도 했지만 익숙해지니 오히려 편하다. 그동안 일부러 찾아다니던 그 시간들은 뭐였나 고개를 갸웃하게 된다. 육십 대인 지금에 와서 설마 이런 세상이 도래할 줄은 상상도 하지 않았지만 이런 새로운 상황에도 겁먹지 않고 맞서나가야겠다고 무쓰코는 생각한다.

스즈시타에게 소개받은 여성은 그의 왼쪽 화면에서 마스크 안으로도 틀림없이 입가가 올라가 있을 거라 짐작할 수 있을 만큼 교양 있는 미소를 짓고 있다. 긴 앞머리는 옆으로 비스듬하게 정리했고 연한 파란색 블라우스의 칼라에 옆머리가 닿을락 말락 한다. 화면 너머로도 피부 결이 곱다는 게 느껴진다. 이목구비가 뚜렷한 것은 온라인상에서 인상 좋게 보이기 위해 아이라인을 진하게 그렸기 때문만은 아닌 듯하다.

"처음 뵙겠습니다. 이번에 제가 담당하게 되었습니다."

"저도 지원사격을 할 거니까 무슨 일이 있을 땐 말씀해주세요."

라고, 오른쪽 화면의 스즈시타가 말을 이었다.

무쓰코가 텍스타일 디자이너로 독립한 지 얼마 안 됐을 때부터 함께 작업해온 회사다. 이래저래 30년 이상 된 인연이다. 물론 일이 계속 이어지는 건 아니기 때문에 일 년에 몇 번, 혹은 수년에 한 번 일할 때도 있다. 담당자는 그때마다 매번 바뀌는 편이다. 무슨 이유에선지 직원들 이직률이 높아서 몇 년 정도 근무하면 바로 그만두는 듯하다. 밖에서 볼 때는 알 수 없지만 나름 쉽지 않은 직장일지 모른다.

그런 와중에도 스즈시타와는 몇 차례나 함께 일을 해왔다. 대학 졸업 직후 입사해서 지금까지 10년 가까이 됐을 것이다. 남자이면서도 타깃이 되는 여성 고객들에게 어필하는 센스도 있고 지시 사항도 적확하다. 함께 일하기 매우 편한 사람이다.

"무쓰코 선생님의 키즈 라인 아주 반응이 좋답니다."

최근 수년째 작업하고 있는 프로젝트다. 특히 비옷과 우산 등은 매년 신제품을 기대하는 사람들도 많다고 들었다. 자신의 인생작이라고 해도 될 정도라고 무쓰코는 생각한다.

"저도 무쓰코 이소가이 가방 잘 들고 있답니다."

스나가와가 화면에 네이비 바탕에 다양한 농담의 핑크색 물방울 모양이 들어간 토트백을 보여준다.

"아, 그래요? 잠깐만요, 그런 얘기 들은 적 없는데……"

스즈시타가 분하다는 듯 말하는 게 우스꽝스러워서 화면 속 세 사람의 웃음소리가 겹쳐졌다.

"과연 색의 마술사다우세요. 이번엔 어떤 색들이 나올지 기대가 큽니다. 잘 부탁드립니다."

마술사, 라고 오글거리는 수식어까지 써서 띄워주는 게 부끄럽긴 하지만 당연히 기분이 나쁘지는 않다. 서른 살에 독립했으니 브랜드 론칭한 지 30년이 넘었다.

"맡겨주세요."

어느새 이런 말도 가볍게 할 수 있는 위치가 되어 있었다. 지금은 디지털 툴을 이용해 작업을 하는 사람이 더 많을 것이다. 그러나 무쓰코는 일을 배울 때부터 해온 아날로그 방식을 고집하고 있다. 태블릿과 펜으로 그리는 선은 편리하긴 하지만 펜 툴을 사용해도 어딘가 부족하고 메말라 보인다. 수작업으로만 표현할 수 있는 깊이가 사라져버리는 느낌이다. 그래서 제작할 땐 이 방식을 고집스럽게 지키고 있다.

오랜 세월 함께한 테이블 위에 스케치북을 펼치면 그곳은 무쓰코 이소가이의 아틀리에로 변신한다. 방금 전까지 아침밥을 먹던 테이블이라고는 전혀 생각할 수 없다. 창문으로 밝은 겨울 햇살이 비친다. 자연광이 들어오는 오전 시간은 요즘 무쓰코가 가장 일에 집중하는 시간대다. 팔레트에 투명 수채화 물감을 짠다. 물을 적신 붓으로 색을 섞어나간다.

"색의 마술사……라고."

미팅 때 스즈시타가 했던 말을 떠올린다. 등 뒤의 벽을 따라 놓여 있는, 세월의 무게가 느껴지는 유리 장식장에는 무쓰코가 지금까지 작업한 제품들이 진열돼 있다. 문구류, 가방, 타올, 식기, 옷과 우산. 모든 제품에 밝고 선명한 색의 모티브가 저마다 펼쳐지고 있다. 자세히 보면 동물이나 꽃 모양이지만 큰 틀에선 기하학적으로 보이도록 신경을 쓰고 있다. 모양의 개성이 너무 강하면 평소 사용하기 부담스럽고 그만큼 사용할 수 있는 사람이 한정돼버리기 때문이다. 그런 부분을 감안해 색상 배합을 통해 팝적인 부분과 산뜻함을 강조해서 표현하려고 신경 쓴다.

이번에 의뢰받은 제품은 다음 시즌 발매되는 레인 굿즈다. 기본적인 비옷와 우산 외에 이번에는 레인 스커트를 새로 출시한다고 한다. 형태와 재질은 이미 결정되었고 거기에 들어갈 텍스타일, 즉 모양을 디자인하는 것이 무쓰코의 일이다. 손을 움직이는 사이 팔레트 위에 옅은 보라색이 나타났다. 새하얀 스케치북에 찍어보니 농담을 달리하며 번져나간다. 젊은 시절에는 철야도 마다하지 않았다. 완벽한 저녁형 인간으로, 심야일수록 기운이 솟는 체질이었다. 그 습관을 바꾼 것은 어떤 만남이 계기가 되어서였다.

눈의 피로를 의식하게 된 것은 육십 대에 들어서면서다. 원래 눈이 그다지 좋은 편은 아니지만 영화관에서 자막을 볼 때 정도만 안경이 필요했고 일상생활은 안경 없이도 문제가 없었다. 일도 근거리 작업이 대부분이어서 불편함은 없었다.

근시는 노안이 되는 속도가 느리다고 알려져 있다. 단순히 눈이 나쁜 상태에 익숙해져버린 탓에 노안을 알아차리기 어려운 면도 있었을 것이다. 어쨌든 어정쩡한 근시였던 무쓰코는 다행히 돋보기에 의지할 일도 없었다. 다만 일이 장시간 이어지거나 스마트폰을 오래 보면 두통이 생길 정도로 눈이 뻑뻑해진다. 안구건조증이나 눈의 피로를 줄일 수 있다는 안약을 손에서 떼놓을 수 없었다. 그렇게 10년 정도 그럭저럭 버티며 지냈다.

마감일이 임박한 어느 날이었다. 아날로그 방식으로 작업하는 무쓰코지만 납품할 때는 작품을 스캔해서 디지털화한다. 실제로 제품이 되기까지는 먼저 인쇄용으로 데이터를 만들고 그 후 몇 가지 공정을 밟게 되는데 여기서부터는 무쓰코의 업무 범위가 아니다. 다만 디자인이 완성될 때까지 업체 측 담당자와 PDF로 주고받게 되는 것까지 거기에 필요한 데이터화는 무쓰코의 일이다.

화장품 파우치에 들어갈 텍스타일 작업을 할 때였다. 디자인은 결정되었고 남은 일은 몇 가지 색상을 제안하는 거였다. 무쓰코는 녹색을 메인으로 한 시안을 가지고 밤새 PC로 색을 조정하다 밖이 점점 환해지는 새벽녘이 되어 간신히 침대에 들었다. 아연실색한 것은 가수면 상태에서 눈을 뜨고 마지막 체크를 한 후 담당자에게 데이터를 보내려고 PC를 열었을 때였다.

"어?"

밤에 봤을 때는 푸른빛이 도는 녹색이 상쾌한 숲 같은 이미지였는데 다시 보니 칙칙한 느낌이 강해서 세련되지 않다. 옐로우 색조가 너무 강한 것이다. 무쓰코는 눈을 비볐다. PC 화면이 흐릿해졌다. 지금은 어떻게 넘어갈 수 있을지 모른다. 하지만 앞으로 색상 판단을 할 수 없게 된다면 이 일은 더 이상 계속할 수 없다. 자신의 일에 한계가 다가오는 것을 알아차리고 당황했다. 다시 색 조정을 마친 다음 간신히 데이터를 보내고 상대에게 대략적인 OK를 받은 그날 오후, 무쓰코는 거의 비어 있는 냉장고를 채우기 위해 장을 보러 나갔다.

"블루베리가 의외로 비싸구나."

눈에 좋다고 알려진 식품에 관심이 간다. 신선한 블루베리 팩을 매대에 다시 내려놓고 디저트 코너에서 베리가 들어간 요구르트를 집어 든다. 옆에 있는 냉동식품 코너로 눈길을 돌리니 냉동고 안에 봉지에 든 과일이 있었다. 잠시 생각하다 장바구니에 담았다.

날씨가 화창한 날이었다. 마트 밖의 공기는 얼음처럼 차가웠지만 상쾌해서 기분이 좋았다. 도쿄의 겨울 하늘은 투명할 정도로 푸르다. 돌아오는 길에 멈춰 서서 빌딩 건너편을 바라본다.

"멀리 보는 게 눈에 좋아."

어렸을 때 엄마에게 들은 말을 떠올린다. 가까운 곳만 보느라 피로해진 눈으로 멀리 떨어진 장소를 바라보면 피로가 풀린다고 한다. 무쓰코는 하늘 저편을 보면서 깊이 숨을 내쉬었다. 멀리 있는 풍경을 빙 둘러보던 시선이 멈췄다.

'저런 곳에 나무들이 울창하게 자라고 있네.'

건물들만 잔뜩 있는 곳에 홀로 남겨진 것 같은 녹색의

공간을 발견한 것이다.

'자연 속에 있으면 편히 쉴 수 있을까.'

무쓰코는 녹색 쪽으로 발길을 돌렸다.

번잡한 상점가를 벗어나 안쪽으로 들어갔을 뿐인데 공기가 다르게 느껴진다. 조금 더 걸어가니 그 장소가 있었다.

'1인 전용 카페 도도'

우거진 나무들 사이로 작은 간판이 나와 있다.

'카페구나.'

간판에 적힌 화살표 방향을 보니 좁은 골목이 나오고 가게는 그 골목으로 더 들어간 곳에 있는 것 같다. 울창한 나무들이 골목 끝까지 이어졌다.

'커피, 샌드위치…….'

간판에 적힌 메뉴를 읽어 내려가던 무쓰코는 어떤 메뉴명을 보고 놀라서 입을 다문다. 마음을 다지고 골목 안으로 들어갔다.

"아, 마침 잘됐다."

무쓰코가 걸어 들어가자 골목 끝에서 안도한 듯한 목소리가 들려왔다. 키 크고 젊은 남자가 나무로 둘러싸인 공간에 테이블 세팅을 하면서 이쪽을 보고 있다. 두툼한 패딩을 입고 털모자를 귀밑까지 푹 눌러썼다.

이런 추운 날씨에도 바깥에 테이블을 준비하고 있다.

"영업 중인가요?"

"지금 막 준비를 마친 상태입니다."

그래서 '마침 잘됐다'고 한 건가. 지금이 문 연 직후인 것일까.

"가게 오픈 시간이 몇 시예요?"

그러나 남자는 무쓰코의 질문에는 대답하지 않고,

"지금 몇 시예요?"

라고 되묻는다. 질문을 받고 바로 손목시계를 본다.

매일 차고 다니는 실버 손목시계는 아버지의 유품이다. 스마트폰만 있으면 모든 게 가능한 시대지만 무쓰코는 스마트폰을 매번 보는 습관이 없다. 어쩐지 디지털 기기에 완전히 지배당하는 것 같아 마음이 편치 않은 것이다.

"오후 한 시가 조금 넘었네요."

무쓰코가 대답하자,

"네, 그 시간이 문 여는 시간이에요."

그러면서 남자는 허리에 손을 가져갔다. 도대체 언제 영업을 한다는 걸까. 무쓰코가 의아하게 여기고 있는데

"기본적인 메뉴를 주문하실 거라면 안에서."

그러면서 안쪽에 서 있는 오래된 단독주택을 가리킨다. 그곳이 가게인 모양이다.

"하지만 오늘의 스페셜 메뉴라면."

이렇게 말하는 남자의 말을 가로막듯이

"네, 그 스페셜을 주문하고 싶은데."

무쓰코가 급하게 대답했다.

"그럼, 이쪽에 앉으시면 됩니다."

세팅하고 있던 테이블의 의자를 뺐다. 조금 춥긴 하지만, 아마도 밖에서만 내어줄 수 있는 메뉴일 것이다. 무쓰코는 그렇게 생각하며 기다렸다.

"오래 기다리셨습니다. 눈에 잘 듣는 코코아입니다."

그냥 코코아가 아니었다. 간판에는 스페셜 메뉴라며 그런 말이 적혀 있었다. 눈에 잘 듣는다고. 눈에 좋다고 알려진 폴리페놀이 풍부하게 들어 있는 것은 블루베리뿐만이 아니다. 코코아도 그 대표 격이라고, 남자가 가르쳐준다.

"역시. 그래서 눈에 잘 듣는다는 거군요."

그 말은 이해했다. 하지만 아무리 봐도 지극히 평범한 코코아다. 일부러 밖에서 마실 필요가 있을까. 실내 청소가 아직 덜 끝났을지 모른다.

"천천히 드세요."

가게 안으로 돌아가려는 남자에게 가벼운 목소리로 말을 건다.

"그런데, 사장님이세요?"

"네. 소로리라고 합니다."

"소로리 씨, 안에는 아직 못 들어가요?"

"이 스페셜 메뉴는 밖에서 마실 때 효과가 있거든요. 설명이 늦었네요."

발길을 멈춘 소로리가 그렇게 전제를 깔고 나서 이유를 설명한다. 태양광에 들어 있는 바이올렛 빛에는 근시의 진행을 억제하는 효과가 있다는, 최근 연구조사 이야기를 들었다고 한다. 그렇다면 밖에서 시간을 보내는 편이 피로해진 눈에 좋지 않을까 생각했다며. 스마트폰이나 PC 화면을 너무 많이 보는 바람에 눈이 피로해져 고민인 손님들을 배려한 것이라 한다. 평소엔 저녁 무렵부터 영업을 시작하는데 이 메뉴를 제공하기 위해 일부러 낮에 문을 열었다는 것이다.

"마침 오늘은 날씨도 좋고요."

자랑스러운 듯 에헴, 하고 헛기침을 한다.

"참고로 태양광은 우울한 기분을 밝게 해주는 효과도

있다고 하니 이런 추운 날도 기분 좋게 보낼 수 있지 않을까 해서요."

"어머, 딱이네요."

손뼉을 치고 싶을 지경이다. 지금의 자신에게 꼭 필요한 메뉴를 선택했다는 것에 기분이 좋아진 무쓰코는 지금까지 자신의 삶에 대해 이야기하고 싶어졌다.

미술 대학을 졸업하고 잡지 레이아웃을 하는 디자인 사무실에 입사했다. 당시는 지금처럼 PC에서 인디자인이나 포토샵 등의 프로그램을 이용하여 디자인을 하지 않던 시절이다. 수년간 사무실 선배의 어시스턴트로 일했다. 암실에 틀어박혀 지내며 사진 윤곽을 따는 작업만 죽어라 하거나 인쇄소에 서체와 색을 지시하는 용지를 심야까지 붙들고 앉아 있곤 했다.

직접 디자인을 맡게 된 후 레이아웃뿐 아니라 요청이 있을 때는 지면에 넣을 작은 일러스트를 그리기도 했다. 그것이 예상외로 반응이 좋아서 자신도 그림 그리는 일을 하고 싶다고 생각하게 됐다.

그래서 의류 디자인으로 전직해 작화를 모티브로 디자인하는 텍스타일 기술을 익힌 후 독립했다. 처음 시작했을 때는 무아몽중이었다. 그야말로 밤낮을 가리지 않고 일에

심혈을 기울이며 몰두했다. 프리랜서 일은 한 번 거절하면 두 번 다시 기회가 오지 않는다고, 먼저 독립한 선배들이 말했다. 자신에게 주어진 일은 능력치를 넘어선다고 느껴도 무조건 해냈다.

이십 대 중반이 되자 친구들은 하나둘 결혼해서 가정에 정착했다. 당시는 지금처럼 출산휴가나 육아휴직 제도도 제대로 정비돼 있지 않았다. 결혼 후나 출산 후에 여성이 다시 일터로 복귀하는 경우는 극히 드물었다. 거래처 중에는 선진적인 회사들도 있었고 출산 후에 복귀하는 여성들도 있었지만 복귀 후엔 하나같이 주요 포지션에서 밀려났다.

'멈춰 설 수는 없어.'

그런 사람들을 곁눈질하면서 무쓰코는 내내 달려왔다. 하지만 지금은 한계를 느끼기 시작하고 있다.

둥근 안경을 쓴 주인은 곱슬머리가 덥수룩하고 호리호리하니 키가 크다. 무뚝뚝하지만 의외로 세심하게 배려하는 구석이 있어서 이런저런 무쓰코의 이야기를 음음, 하고 맞장구를 치면서 듣고 있다. 너무 큰 마스크 때문에 안경에 성에가 껴서 흐릿해지는 것을 방지하기 위해서인지 때때로 안경다리를 들었다 내렸다 한다.

"코코아가 어떻게 만들어지는지 아세요?"

하얀 입김과 수증기가 뒤섞여 올라가는, 무쓰코의 양손에 쥐어진 머그를 바라보면서 주인인 소로리가 느긋하게 묻는다.

"원료는 카카오 매스 아닌가요?"

"카카오 매스요?"

우연히 상식처럼 머릿속에 들어 있었을 뿐 더 깊이 물어보면 불안하다.

"그냥 카카오인가?"

"카카오 나무에서 수확한 것이 카카오 포드. 카카오 포드에서 과육을 제거하면 카카오 콩만 남습니다. 그걸 발효시켜 건조합니다. 로스팅해서 갈아 으깨면 드디어 코코아의 원료인 카카오 매스가 되는 겁니다. 하나의 카카오에서 만들어지는 코코아는 극소량이에요. 그만큼 귀한 거랍니다."

그 말만 하고 다시 오두막 쪽으로 발길을 돌렸다.

'귀한 거니까 제대로 맛보라고 말하고 싶었던 걸까. 어딘가 독특한 가게다.'

그렇게 무쓰코는 낯선 즐거움을 느끼며 태양 빛을 받으면서 천천히 코코아를 마셨다. 추운 날인데도 마음만은 아주 따뜻해졌다.

'이렇게 여유롭게 보내는 시간이, 참 없었구나.'

그야말로 카카오에서 극소량밖에 나오지 않는 카카오 매스처럼, 바쁜 와중에 짜낸 귀한 시간이었다. 태양 빛을 받으면서 일을 해보자. 올겨울 초부터 아침형으로 바꾼 데는 이런 사연이 있었다.

신작 레인 스커트의 텍스타일 시안을 네 가지, 각각에 색을 바꾼 것까지 포함해 전부 일곱 가지 디자인 패턴을 보낸 것은 의뢰받은 기한보다 이틀쯤 앞서서였다.

마감 기한 막판까지 붙들고 있던 시절과 비교해 여유를 가지고 시안을 보낸다. 커리어가 쌓이면서 시간을 많이 들이지 않고도 디자인 완성도를 높일 수 있을 만큼 실력이 쌓였기 때문만은 아니다. 스케줄에 여유를 두는 편이 나중에 문제가 생겼을 때도 안정적으로 대처할 수 있다는 걸 배웠기 때문이다. 쥐어짜듯 만드는 것보다 결과적으로 좋은 아웃풋이 나온다는 걸 경험치로 알고 있다.

디자인 시안 고맙습니다. 일찍 주셔서 무척 도움이 됩니다. 바로 사내에서 검토하고 나서 연락드리겠습니다. 우선 잘 확인했다는 연락 먼저 드립니다.

이 회사 직원들은 모두 고학력자다. 게다가 요즘 젊은 사람들은 신입으로 보이지 않을 만큼 빈틈이 없다. 스나가와의 이런 답 메일도 치밀하면서 유연하다. 하지만 무쓰코는 조금 아쉽다는 생각이 든다. 어딘지 모르게 마음이 결여된 느낌이다.

'그런 생각을 한다는 것 자체가 고지식한 옛날 사람이라는 뜻일지도 몰라.'

지금은 괜한 낭비를 없애는 것이 중요하다. 지체되는 일 없이 원활하게 진행되는 것. 그러기 위해서는 개인적 견해나 독자적인 관점 등은 불필요하다. 무쓰코는 주름이 늘어난 손등을 눈으로 보면서 핸드크림을 꺼내려고 의자에서 일어섰다.

스나가와가 디자인 시안 건으로 미팅을 하고 싶다고 메일을 보내온 것은 그다음 날이었다.

괜찮으시다면 온라인으로 어떠실지요?

정해진 시간에 회의용 앱을 열자 이미 화면상에 방긋 웃는 얼굴이 기다리고 있었다.

"디자인 시안, 감사합니다."

일부러 미팅을 하고 싶다는 것이다. 수정 의뢰가 틀림없다. 무쓰코는 마음의 준비를 한다.

"어떠셨나요?"

"네. 전부 괜찮은데요, 가능하시면 두세 가지 추가 시안을 부탁드릴 수 있을지 여쭤보고 싶어서요."

두세 가지 안이라……. 쉽게 말을 한다. 디자인이 머릿속에서 그냥 흘러나오는 것이라고 착각하고 있는 걸까. 제출한 네 가지 안에 이르기까지 셀 수 없을 정도로 디자인을 반복하다 간신히 네 가지를 뽑아낸 것을 클라이언트는 알지 못한다. 물론 그런 무대 뒷얘기를 할 생각도 없지만 말이다. 무쓰코는 '또야'라고 속으로 생각하면서도 먼저 이야기를 꺼낸다.

"어떤 느낌을 원하시나요? 보내드린 시안 중에 어떤 걸 어떤 식으로, 라고 구체적으로 말씀해주시면 좋겠는데요."

"그렇군요. 어느 쪽이라고 해야 할지……."

스나가와가 말끝을 흐린다.

"좀 더 젠더리스하게 접근해보면 어떻겠냐는 의견이 사내에서 나와서요."

무쓰코는 코웃음이 터질 것 같은 걸 참고 있다. 요즘에는 뭐든지 젠더, 젠더라고 하면 모두가 고개를 끄덕일 거라 여긴다. 남자아이답게, 여자아이답게, 라는 말은 옳지 않은 워딩인 것이다.

"그렇지만 레인 스커트는 당연히 여자아이들 용이잖아요?"

언뜻 보기엔 물방울 모양이지만 가까이서 자세히 보면 작은 꽃을 모티브로 한 디자인에 보라색에 가까운 핑크색 그라데이션을 넣은 A안이 무쓰코가 가장 미는 시안이었다.

"하지만 최근엔 교복도 남자아이가 스커트를 선택할 수 있게 배려하고 있기도 하고요."

레인 스커트를 소비할지 안 할지 모르는 남아 타깃을 배려하고자 메인인 여아 타깃이 좋아할 취향을 버리라는 소리인가.

"C안 같은 경우 젠더리스하다고도 볼 수 있잖아요?"

무쓰코는 이야기를 더 꺼내본다. 새의 얼굴을 모티브로 삼은 C안은 곡선만을 사용해 동물 모양이지만 부드러운 인상을 준다.

"음, 새는 호불호가 갈리는 것 같아요."

그런 식으로 따지면 어떤 것도 마찬가지다. 모두가 좋아하는 디자인을 추구한 결과 몰개성을 지향하는 거라면 나에게 의뢰하지 않는 게 맞다. 좀 더 대중적인 것을 만들 수 있는 사람은 나 외에도 얼마든지 있으니까.

"참고로 B안은 산이었죠."

스나가와가 나무와 잎을 연결해서 산의 모습을 표현한 시안의 프린트물을 손에 든다.

"네, 맞아요."

"등산용 스커트라고 착각을 일으킬 수 있다고 해서요. 어디까지나 평상시 외출용이니까 산에서 입었다가 자칫 사고라도 날 수 있는 리스크는 피하고 싶거든요."

"네? 이 무늬 때문에 등산용이라고 오해한다고요? 그건 너무 나간 생각 아닌가요?"

"하지만 모든 가능성 있는 리스크는 될 수 있으면 배제하고 싶습니다. 그러니까 예를 들면 말이죠. 길거리나 건물, 하늘 같은 건 어떨까 생각해봤습니다. 아침, 점심, 저녁을 색으로 표현해서 나란히 보여주면 재미있지 않을까요?"

재미…… 없다. 무쓰코는 헉, 하는 기분과 동시에 이 상황이 바보 같다는 생각이 든다.

"색감도 전체적으로 명도를 높여주시면 어떨까요."

어설픈 전문용어를 쓰는 모습에 화가 났다. 아마추어 주제에 뭘 안다고. 나는 커리어가 당신의 몇 배나 되는 프로라고.

"명도? 채도를 말하는 거 같은데? 인쇄를 하면 색의 재현성이 떨어지기 때문에 그걸 감안할 필요도 있어요."

일부러 어려운 말을 섞어서 써본다.

"미안한데 스나가와 씨는 다 이해 못 할지도요. 지금 회사인가요? 그럼 미안하지만 스즈시타 씨 안 계세요?"

그 사람이라면 센스가 좋다. 이런 햇병아리의 뻘소리를 듣고 앉아 있을 일인가. 그렇게 생각하는데 화면에 불쑥 다른 얼굴이 등장했다. 스즈시타다.

"무쓰코 선생님, 여러 가지로 죄송합니다. 저도 옆에서 듣고 있었습니다. 이번엔 스나가와 씨가 직접 담당하는 거라서 저는 화면에 안 나타나려고 했는데요."

스즈시타와 이미 상의를 마친 내용을 가지고 대화를 나눈 것이다. 무쓰코는 몸에서 힘이 빠지는데 바람이 빠져 오므라든 풍선처럼 변해가는 느낌이 들었다.

"요즘은 별거 아닌 일도 인터넷상에서 크게 문제시되고 그러잖아요. 그래서 젠더나 리스크에 관해서는 주의를 하자는 쪽으로 의견이 모였어요. 이미 무쓰코 선생님께서 몇 가지나 시안을 마련해주셨는데 정말 죄송합니다. 조금만 더 도와주실 수 없을까요?"

한 번 오므라든 풍선은 다시 부풀지 않는다. 하지만 스즈시타의 말투에는 조금이나마 마음이 느껴진다. 일단 "알겠습니다. 그럼 다른 시안을 몇 가지 더 생각해볼게요." 라고 말하고 회의를 마쳤다.

이런 일이 오늘 처음은 아니다. 업체의 의견에 맞춰 조율하는 것은 디자이너의 일이다. 지금까지 수십, 수백 번이나 해온 일이다. 하지만 오늘은 아무리 시간이 지나도 기분이 나아지지 않았다.

"카카오에서는 아주 조금밖에 코코아를 만들 수 없어요."

지난번에 갔던 카페의 주인이 했던 말을 떠올린다.

'나의 카카오는 이제 다 써버린 걸까.'

없는 카카오에서 어떻게 짜내면 좋을까. 무쓰코는 스케치북을 펼쳤다. 해는 이미 져버렸다. 내일까지 다른 시안을 만들어야 한다. 아침까지 기다릴 수는 없다. 결국 밤에 일하는 수밖에 없다. 머리를 쥐어짜는데 힘들어서 한숨이 나왔다.

그 후에도 몇 번인가 수정을 거쳐 어찌어찌 무쓰코의 손을 떠났을 때는 최초의 디자인 시안을 제출한 후 보름쯤 시간이 흘러 있었다. 최종적으로는 사각형의 기하학 모양에 페퍼민트 그린 색을 메인으로 한 것으로 결정됐다. 도형의 선을 러프하게 손으로 그린 덕분에 부드러운 인상은 유지할 수 있었다.

역시 무쓰코 이소가이. 사내에서도 인기입니다.

어느새 담당은 스나가와에서 스즈시타로 바뀌어 있었다. 스나가와를 만나는 일은 두 번 다시 없을 것이다. 얼마 안 가 회사를 그만둘 것 같은 느낌이 든다. 물어보진 않았지만 어쩌면 이미 퇴사했을 가능성도 있다. 아무리 좋은 대학이라도 상대의 마음을 배려하는 방법은 가르쳐주지 않는다. 그것은 사회에 나와서 실패를 거듭하면서 배워나가는 것이다. 그래도 무쓰코는 최종 납품을 할 때 메일을 보냈다.

이번 일을 하면서 여러 가지로 실례 많았습니다. 덕분에 저도 납득할 만한 제품을 완성할 수 있었습니다.

이렇게 내 약점까지 내보이면서 사과할 수 있게 된 것은 언제부터일까. 사과하는 것은 지는 것이다, 라고 생각하던 시절보다 훨씬 살아가는 게 수월해졌다. 그럴듯한 재능 같은 건 없지만 그래도 이 나이까지 이만큼 해올 수 있었던 건 성실하게 대처해왔기 때문이다. 노욕이라는 단어가 머릿속을 스친다. 그만할 때가 됐을까. 이제 바쁜 나날을 자랑스러워하는 삶에서 그만 벗어나도 좋지 않을까. 회사에 다녔다면 정년을 맞이하고, 두 번째 삶을 시작할 나이다.

지금까지 일에만 매달려 살아온 무쓰코는 어디로 가야 할까 방황한다. 태양 아래에서 마신 코코아를 떠올린다. 여유 있게 보낸, 그저 아무것도 하지 않는 시간. 작정하고 일을 그만두면 그런 호사스러운 시간을 가질 수 있을까.

그 시절의 나는 마치 사막화된 목초지 같았다. 수목이 베어지면 수분의 공급이 끊어진다. 그 결과 산림이 사라져 간다. 어느 날 갑자기 나 자신이 바짝 말라가는 듯한 공포에 휩싸여 회사에 나갈 수 없게 되었다. 멈춰야겠다고 생각했다.

갑자기 새하얀 시간이 손에 들어왔다. 그토록 바라던 여유 시간인데 무엇에 어떻게 쓰면 좋을지 알 수 없었다. 무

위한 시간만 흘러갔다. 피로와 번뇌는 사라지긴커녕 남아
도는 시간만큼 쌓여갔다.

　예전의 내 모습을 떠올리고 있었다.
　코코아가 가득 들어간 머그 안에 하얀 마시멜로가 둥둥
더 있다. 그걸 숟가락으로 녹이며 수증기를 가르고 입으로
옮긴다.
　"달콤함은 행복의 동의어."
　적어도 지금의 나에겐 그렇다. 한참이 지나 머그를 테이
블 위에 놓았다. 테이블에 컵이 부딪치며 작고 예쁜 소리
를 냈다.
　해가 지는 것이 빨라졌다. 가게 안의 초에 불을 붙인다.
겨울이 긴 북유럽에서는 거실뿐 아니라 학교 교실이나 회
사의 회의실에도 촛불을 켜놓는다고 한다. 혹독한 겨울 동
안 마음만은 가능한 따뜻하게 지내기 위해서다. 살아가는
데 꼭 필요한 일이다. 북유럽의 나라들도 행복한 나라라
불리는 단골이다. 그중에서도 기분 좋은 편안함을 의미하
는 휘게라는 단어로 유명한 덴마크로 생각이 달려간다.
　덴마크 사람들 중에 행복하다고 느끼는 사람이 많은 것
은 정치와 사회를 신뢰할 수 있기 때문이라고 알려져 있

다. 의료와 교육이 무상이고 사회복지 보장이 두터워 안심하고 살아갈 수 있는 부분이 클 것이다. 게다가 그들은 평등과 조화를 중시한다. 나보다 우리라는 의식이 강하다. 환경에 대한 관심도 많아서 지속 가능한 생활에 중점을 두고 있는 것도 기분 좋은 편안함으로 연결되는 듯하다. 자전거를 애용하는 덴마크인이 많은 것도 이산화탄소 배출량을 줄이는 차원에서라고 한다.

자료를 읽고 분석하면서 나는 자전거를 탔을 때 느꼈던 행복감을 떠올린다. 주방의 가스레인지 위에 검은색 주물 냄비를 올린다. 더치 오븐이라는 아웃도어용 냄비다.

"쇠고기, 당근, 감자를 볶다가 물을 넣고 레드와인과 허브. 그다음은 푹 끓여서 데미그라스 소스를 넣으면 완성"

레시피를 입으로 읊조리면서 재료를 준비해나간다. 어쩐지 문득 얼마 전에 와서 코코아를 주문했던 손님이 이걸 드시러 올 것 같은 느낌이 들어, 이런저런 생각을 하면서 메뉴명을 종이에 적었다.

'눈에 잘 듣는 스페셜 메뉴'가 '꿈에 잘 듣는 스페셜 메뉴'

로 바뀌어 있었다.

"꿈? 오늘은 어린이용 메뉴일까?"

무쓰코는 간판 앞에서 골똘히 생각한다. 근처의 나무들이 마치 숲을 이루고 있는 듯한 공간인데 그 나무들 사이에서 막 떠오른 초승달이 얼굴을 내밀고 있었다.

"그러고 보니 원래는 저녁에 문을 연다고 했지. 태양 아래서는 마실 수 없겠구나."

이런저런 생각을 하면서 다시 한 번 간판을 본다.

달이 뜬 밤이니까 '꿈에 잘 듣는 스페셜 메뉴'가 더 어울린다.

"멋진 발상이네."

무쓰코는 덥수룩한 머리의 카페 주인을 떠올리며 어두운 골목 안으로 들어갔다. 초승달이 그런 무쓰코를 수호하듯 따라갔다.

"안녕하세요."

하늘색 문에 달린 황금색 손잡이를 당긴다.

"어서 오세요. 카페 도도에 오신 걸 환영합니다."

느릿하고 평화로운 목소리가 방문을 환영해준다. 마치 무쓰코가 오는 걸 알고 있었다는 듯 주인이 방긋 미소를 짓는다. 틀림없이 이름이 소로리라고 했다.

"기다리고 있었습니다."

"내가 오는 거 알고 있었어요?"

무쓰코가 놀라자,

"우연입니다. 하지만 왠지 모를 느낌이랄까, 직감이랄까요."

가게를 운영하다 보면 그럴 때가 가끔 있다고 소로리가 말한다. 한 가지 일을 계속하다 보면 사람들과의 관계에 대한 촉이 예리해진다는 걸 모르는 바 아니다. 무쓰코도 클라이언트를 만난 순간에 '이 일은 잘되겠다'라는 느낌이 올 때가 있다. 그 반대도 마찬가지다.

"눈은 좀 나아지셨어요?"

"그렇네요. 낮에 일하게 되면서 조금은 편안해졌어요. 오늘은 꿈에 잘 드는? 멋진 메뉴네요."

그렇게 말하자 소로리가 기분이 좋은 듯 코로 흐흥, 하고 웃음소리를 냈다.

"드셔보실래요?"

"물론이죠."

그렇게 대답하는 한편, 꿈에 잘 든다고 하는데 무쓰코는 현재 자신의 꿈이 뭘까 생각했다. 가게 안은 약간 어둡고 카운터에 의자가 다섯 개다. 여기저기서 촛불이 흔들리고 있었다. 청록색 타일이 붙어 있는 주방에는 식기와 조리기구가 잡다하게 늘어져 있다. 좁은 주방 안에서 검은색 앞치마를 두른 소로리가 천천히 수영하듯 움직인다.

"오래 기다리셨습니다. 꿈에 잘 드는 스튜입니다."

오늘의 스페셜 메뉴는 쇠고기와 채소를 넣은 비프스튜다. 카페오레용 볼보다 한 단계 더 크게 만든 듯한, 바닥이 둥근 그릇에 듬뿍 들어 있어서 무쓰코는 기분이 좋아졌다.

"와, 맛있겠다."

모락모락 올라오는 햐얀 수증기만 봐도 맛이 전해지는 것 같다. 스튜에 나무 숟가락을 넣는다. 한입 크기의 소고기에는 제대로 구운 자국이 나 있다. 호호 불면서 입에 가득 스튜를 넣자 입 안에서 부들부들 녹아내렸다. 푹 익은 감자와 당근에서 채소의 단맛이 전해져온다. 데미그라스 소스에서 깊은 풍미가 느껴지는 것은 투명한 갈색이 나도록 오래 볶은 양파가 맛에 깊이를 더해주기 때문일 것이다. 뜨거운 스튜가 마음까지 녹여주는 것 같다.

"꿈꾸는 듯 황홀한 기분이 드는 건 확실한데, 그래서 이런 메뉴 이름이에요?"

대답 대신에

"손님은 꿈이 뭐예요?"

안경 너머 아몬드 모양의 가늘고 긴 눈이 무쓰코를 향했다.

"실은 지금 그걸 생각하고 있었어요. 젊을 때는 야망도 있었지만 지금은 그런 것도 없고. 이 일도 언제까지 계속할 수 있을까. 이 나이 먹고 나를 찾는다는 것도 한심한 일이죠."

무쓰코가 억지웃음을 지으려고 하자 눈가에 눈물이 차올랐다.

"그냥 놔두면 되지 않을까요?"

소로리의 말에 스튜를 뜨던 숟가락을 그릇으로 되돌린다.

"네?"

"그 스튜는 재료를 다 넣고 그다음엔 그냥 놔두기만 하면 맛있어집니다. 채소도 고기도 푹푹 끓이면 깊은 맛이 쫙 배어 나오죠."

"네. 너무 맛있어요. 채소도 살살 녹고 고기도 부들부들하고."

"그렇죠. 그러니까 초조해할 필요가 없어요."

느긋한 말투 때문인지, 언제나 눈코 뜰 새 없이 움직이는 시간이 조금 걸음을 늦춘 것처럼 느껴진다.

"하지만 나는 이제 나이도 나이고, 천천히 기다리는 동안 아무것도 못 하게 되는 건 아닐까 싶어서. 남은 시간이 이제 어느 정도인지 반대로 계산해보면 스튜가 푹 끓을 때까지 기다릴 여유도 없어요. 안타깝지만."

"없어진다고 걱정해봤자 아무 소용없잖아요. 그보다는 지금 갖고 있는 것을 살려서 하고 싶은 걸 구체적으로 그려보는 편이 훨씬 낫죠. 시간 낭비를 안 해도 되고요."

없는 걸 추구하는 게 아니라, 있는 걸 살린다…….

"있는 거라고 해봤자."

"손님께선 지금까지 같은 일을 계속해왔다고 말씀하셨잖아요. 카카오에선 아주 조금밖에 코코아를 만들어낼 수 없어요. 작은 것들을 모으고 모은 덕분에 맛있는 코코아가 만들어지니까요."

무쓰코는 생각한다. 자신의 카카오는 다 써버린 게 아니라 카카오 매스로서 쌓여가고 있다. 계속해온 일에 나름의 의미가 있을까. 만약 그렇다면 지금까지 달려온 과정이 절대 허송세월한 것은 아닐 것이다.

"한 번도 불탄 적 없는 산림은 화재에 취약해요."

소로리가 스튜 냄비를 저으면서 그런 말을 했다.

"무슨 속담 같은 건가요?"

고개를 젓는다.

"아니요. 단순한 사실이 그래요. 실패와 경험이 계속 쌓여갈 때 그게 자연스럽게 강점으로 만들어지는 거죠."

그렇게 말하고 소로리가 두 개의 종이컵을 연줄로 연결한 것을 건넸다.

"자요, 손님껜 이걸 드릴게요"

"실 전화기? 너무 오랜만이다."

"제가 직접 만든 겁니다. 꽤 완성도가 높다고 생각합니다만."

바닥끼리 연결한 줄의 매듭이 엉성하긴 하지만 그 또한 손으로 만든 장난감 나름의 맛이다.

"이걸로 소로리 씨와 이야기를 나누자는 건가요?"

그는 고개를 좌우로 흔든다.

"손님 마음의 소리를 이걸로 들어보세요."

어서요, 라고 재촉하는 바람에 하나를 귀에 대고 또 하나를 자기 가슴에 댄다. 느슨한 줄 너머로 들릴 리도 없는데 두근두근 심장 소리가 귀에 닿는 듯하다. 그때 비로소 알아차렸다.

메뉴 이름이 '꿈에 잘 듣는' 게 아니라 '꿈으로부터 듣는'이었구나, 라고.

"심플한 게 좋습니다. 좋은가, 싫은가? 좋아하면 계속하면 돼요. 자기 나름의 걷는 방식을 찾아내서요. 간단한 일입니다."

무쓰코는 떠올려본다. 나는 지금 하는 일을 얼마나 좋아할까. 어쨌거나 스케치북을 펼칠 때는 즐겁다는 생각이 든다. 팔레트 위에서 색을 섞다가 마음에 드는 배합을 찾아냈을 때는 가슴이 설렌다. 워라밸이라고 해서 일과 생활을 무 자르듯 똑각 구분하려고 하기 때문에 버거운 것일지도 모른다. 일과 생활을 적절히 부드럽게 섞는 것, 그게 천직일지 모른다는 생각이 들었다.

두근두근. 조용히 심장 소리가 울린다.

답은 아직 확실히 보이지는 않는다. 하지만 굳이 은퇴를 결정할 필요는 없다. 일과 생활이 적절히 섞여 멋들어진 색이 만들어지는 그런 순간을 한번 느긋하게 기다려볼까.

행복한 나라 부탄의 행복도를 측정하기 위한 조사에서는 생활 수준이나 건강, 다양성은 물론 시간을 쓰는 법도 판단 기준에 포함되어 있다고 한다.

'어떻게 시간을 쓰느냐에 따라 행복의 질과 양이 달라지는 걸까.'

너무 바쁠 때는 시간이 부족했다. 넘쳐날 정도로 시간이 있을 땐 또 그만큼 낭비했다. 나에게 적당하다고 느껴지는 시간은 어느 정도일까. 그걸 찾아내는 것이 행복의 힌트가 될지 모른다.

촛불이 추위와 어둠으로부터 도망치는 수단이 되는 것처럼. 그런 자기 나름의 빛을 찾아가는 것이.

"소로리 씨는 여기서 쭉 가게를 해왔어요?"

무쓰코가 묻는다.

"아뇨. 저도 손님과 마찬가지예요. 여기서 행복의 수행을 하는 중이에요."

"행복도 수행이 필요하구나."

일과 마찬가지라고 무쓰코는 생각했다. 노력하지 않으면 훌륭한 작품을 창작할 수 없듯이 수행이 없으면 행복도 손에 넣을 수 없는 것이다.

"행복이란 뭘까요? 저는 그걸 계속 생각하고 있습니다."

소로리의 질문에 무쓰코는 생각한다. 행복의 기준은 사람마다 다르다.

"결국은 자기 자신이 행복하다고 느끼느냐 아니냐, 그거 아닐까요?"

소로리가 작게 고개를 끄덕인다.

"행복의 허들을 내리면 아주 작은 일에도 만족할 수 있다는 거죠. 우리는 더 많이, 더 많이, 하면서 너무 많은 걸 바라고 있잖아요."

빙그르르 등을 보이더니 주방 옆 책장에서 책 한 권을 꺼내 들었다.

"이 책을 읽고 그걸 깨달았어요."

"《월든》?"

"소로우라는 사람이 쓴 에세이입니다. 지금으로부터 170년쯤 전에 쓴 책이에요."

미국의 한 작가가 도시를 떠나 약 2년간 호수 근처의 숲에서 생활한 기록이라고 한다. 스스로 오두막을 짓고 식량을 조달하고 친구를 초대하고 소소하게 새와 동물과 어울려 풀냄새 가득한 자연 속에서 살아가는 동안 정말 소중하고 필요한 것들을 깨달아간다.

"그 옛날에 미니멀리즘 철학을 가진 사람이 있었군요."

"이때 서양은 산업혁명의 절정기로 효율화와 기계화로 달려가던 시기였으니까요. 그런 상황에 이렇게 의문을 품는 사람도 있었겠죠."

이 책과의 만남을 계기로 소로리는 자신의 삶의 방식에 대해 다시 생각해보고자 숲속 카페를 시작했다고 한다. 평온해 보이는 소로리에게도 본인이 어찌할 수 없는, 옴짝달싹할 수 없던 시기가 있었나 보다.

참고로 소로리라는 애칭도 저자의 이름인 소로우의 오마주라고 한다.

"뜬금없긴 하지만 이거다, 라는 생각이 들었어요."

"직감은 중요하죠."

반짝 열리는 순간의 자신을 믿을 수 있느냐 없느냐 하는 판단력도 경험에 따라 키워지는 것이다.

"지금의 기상이변이나 감염병도 인간이 더 많이, 더 많이를 욕망한 결과죠. 그러니까 좀 더 단순하게 뭐가 얼마나 있으면 행복할까, 저는 그걸 제대로 알고 싶어요."

그리고 언젠가는 답을 찾아서 사회에 환원하고 싶다고 소로리는 말했다.

"아, 맞다. 잊어버릴 뻔했네."

무쓰코는 가방에서 액자를 꺼냈다. 15센티 정도 되는 작은 정사각형 액자 속에 수채로 그린 일러스트를 넣어왔다.

"와, 그림 멋진데요. 귀엽네요! 이거 도도 맞죠?"

소로리가 눈을 반짝인다.

"지난번에 너무 좋은 시간을 보내게 해주어서 작게나마 사례를 하고 싶었어요. 마음에 들면 좋겠는데."

"도도는 멸종하고 말았잖아요."

액자 속 그림에 눈을 떨군 채 소로리가 안타까운 듯 중얼거린다.

"날지 못하는 새죠.《이상한 나라의 앨리스》에도 나오잖아요. 게임 속 캐릭터도 있었던 거 같은데."

"네. 이 새가 왜 멸종했는지 아세요?"

"그거야 날지 못했기 때문이겠죠."

"물론 그렇긴 하지만요. 천적이 없었기 때문에 마음 놓고 땅 위에서 살았다고 해요. 알을 낳아도 어딘가에 숨겨 놓지 않고 땅 위에 그냥 낳은 채 두고요."

"아! 지금 같으면 리스크 헷지를 하지 못한 거네요. 이렇게 말하면, 혼날 거 같지만"

무쓰코가 웃는다.

"하지만 그만큼 안전했다는 뜻이죠. 그러다 인간이 찾아왔고 인간이 데리고 온 개와 쥐들이 알을 먹어버리고……. 그러다 결국은 멸종하고 맙니다."

소로리가 슬픈 표정으로 창밖을 바라본다.

지금도 목초지가 사막화되어 식물이 자라지 못하는 문제에 직면해 있지만 그 또한 인간이 과도하게 토지를 개간한 탓이다.

"목초지가 사막화돼버린 것도 도도를 사라지게 것도 우리 인간이군요."

왠지 모를 미안한 기분이 들어 무쓰코는 고개를 떨구었다.

"도도는 아둔하고 날지 못하는 새지만 그 덕에 자기 페이스를 지킬 수 있었다고 생각해요. 저 역시 그런 삶의 방식을 찾고 싶다고, 이 가게를 운영하면서 생각하곤 합니다. 그래서 가게 이름을 카페 도도라고 지었고요."

도도의 어원은 바보라고 한다. 바보로 살아간다는 게 이상하게도 왠지 멋지단 생각을 하며 무쓰코는 조용히 고개를 끄덕였다.

"그랬구나."

그 후 문득 떠오른 질문을 던진다.

"도도랑 울림이 비슷한데 바바는 뭔지 알아요?"

"이발소 아니고요?"

무쓰코는 빙그레 웃으며 자신의 가방에서 파우치를 꺼내 소로리 앞에 둔다. 예전에 자신이 디자인한, 양 모양 텍스타일이 들어간 제품이다.

"양의 울음소리를 해외에선 바바라고 표현해요."

"그건 몰랐네요."

소로리가 흥미롭다는 듯 몸을 뒤로 젖힌다.

"나는 말이죠, 양이라는 동물이 지속 가능한 특징을 갖고 있지 않나 생각해요. 여름의 더위를 이겨내기 위해 잘라낸 양털은 추운 날 스웨터가 되는데 이듬해에는 다시 새로운 털이 자라요. 목이 마르면 우유도 얻을 수 있고 고기를 먹을 수도 있고요. 물론 귀여운 애완동물도 될 수 있고. 1집 1양이면 어떨까."

무쓰코는 방긋 웃는다. 실제로 몽골의 유목민들은 양과 함께 살면서 게르라 불리는 집을 양털로 만드는 등 의식주에 양은 필수 불가결한 존재라고 한다. 그만큼 소중히 여겨 고기를 취할 때는 쉽게 하지 않고 늙은 양의 고기를 저장음식으로 만든다. 귀중한 생명을 허투루 다루지 않는 것이다.

"역시 도도나 양 모두 안심하고 살 수 있는 목초지 같은 장소가 필요하구나. 결과적으로 그게 지속 가능한 삶으로 이어질지 모르겠네요."

이 카페도 그런 공간이 되면 좋겠다고 말하면서 소로리가 미소를 짓는다. 물론 사막화된 목초지가 아닌 푸르디푸른 초원이다.

"그리고 카페 도도는 지금도 고민하는 어린 양들을 틀림없이 구원하고 있을 거고요."

무쓰코는 따뜻한 시선을 보냈다.

"이거 정말 근사한데요. 가게에 걸어도 될까요? 우리 가게 아이콘이네요."

소로리가 기쁜 듯 액자를 주방 기둥에 걸고 있다. 어린아이처럼 기뻐하는 그 표정을 보면서 무쓰코는 이 일을 지금껏 이어올 수 있었던 것, 그 자체가 행복이었음을 깨달았다. 보아야 할 것은 멀리 있는 꿈이 아니라 지극히 가까운 행복, 오늘의 지금이라는 시간이다.

카운터 위에서 촛불이 흔들리고 있다. 포근하게 주변을 감싸듯 주황빛의 동그라미가 자상하게 비추고 있다. 과거도 미래도 아닌 지금 이 순간을.

"자요, 이거."

실 전화기를 소로리에게 건넨다.

"소로리 씨도 자기 자신에게 물어보면 어때요? 행복의

의미를요."

☕

　이렇게 해서 저는 오늘 밤도 이곳에서 소로리와 찾아오는 손님들을 지켜보고 있습니다. 언젠가 모두 자기만의 행복을 찾기 바라면서요.

　소로리는 비어 있는 더치 오븐을 씻고 불 위에서 말리고 있나 했더니 이번에는 장바구니에서 커다란 사과 두 개를 꺼냈습니다.

　가볍게 씻어서 칼로 심을 제거한 뒤 그대로 냄비에 넣었습니다. 칼로 도려내서 구멍이 난 자리에 많은 양의 설탕과 꿀, 그리고 시나몬 스틱을 한 봉지 넣고 나서 냄비 뚜껑을 덮습니다. 약불에 올리고 그다음은 가장 자신 있는 '그냥 놔두기'입니다. 틀림없이 통사과 구이를 만드는 거겠죠.

　사과가 다 구워지면 마지막에 아이스크림을 얹을 계획인가 봅니다. 냉동고 안을 살펴보고 있었으니까요. 아, 손에 파이 시트도 들고 있습니다. 역시 하나는 구운 사과 위에 아이스크림을 얹고 또 하나는 사과파이로 만들 건가 봐요. 간식을 두 가지나 만들다니 먹보 소로리다운 발상입니다.

"결국 나의 행복은 이것인 듯."

행복은 의외로 가까운 곳에 있습니다.

이제 이야기의 매듭을 지어볼까요. 카페 도도의 부엌에 행복을 가져오는 사과의 달콤한 냄새가 솔솔 퍼지기 시작했네요.

옮긴이 장민주

나고야대학 정보문화학부를 졸업하고 출판사에서 여러 해 동안 기획편집 일을 했다. 옮긴 책으로 《엄마가 돌아가셨을 때 그 유골을 먹고 싶었다》 《내가 들어보지 못해서, 아이에게 해주지 못한 말들》 《인생의 문장들》 등이 있다.

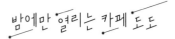

초판 발행 · 2024년 4월 3일
3쇄 발행 · 2024년 6월 3일

지은이 · 시메노 나기
옮긴이 · 장민주
발행인 · 이종원
발행처 · (주)도서출판 길벗
브랜드 · 더퀘스트
출판사 등록일 · 1990년 12월 24일
주소 · 서울시 마포구 월드컵로 10길 56(서교동)
대표 전화 · 02)332-0931 | **팩스** · 02)323-0586
홈페이지 · www.gilbut.co.kr | **이메일** · gilbut@gilbut.co.kr

기획 및 책임편집 · 허윤정(rosebud@gilbut.co.kr) | **제작** · 이준호, 손일순, 이진혁
마케팅 · 정경원, 김진영, 김선영, 최명주, 이지현, 류효정 | **유통혁신** · 한준희
영업관리 · 김명자, 심선숙 | **독자지원** · 윤정아

디자인 · 어나더페이퍼 | **표지 그림** · 반지수 | **CTP 출력 및 인쇄** · 정민 | **제본** · 정민
북메이커스 · 김성희, 김준, 유빈, 유온, 최외순, 행복한독서가

979-11-407-0883-3 03830
(길벗 도서번호 040251)

정가 17,000원

독자의 1초를 아껴주는 길벗출판사

(주)도서출판 길벗 IT실용, IT/일반 수험서, 경제경영, 인문교양(더퀘스트), 취미실용, 자녀교육 www.gilbut.co.kr
길벗이지톡 어학단행본, 어학수험서 www.gilbut.co.kr
길벗스쿨 국어학습, 수학학습, 어린이교양, 주니어 어학학습, 학습단행본 www.gilbutschool.co.kr